ハーレクイン文庫

身代わりのシンデレラ

エマ・ダーシー

柿沼摩耶 訳

HARLEQUIN
BUNKO

RUTHLESSLY BEDDED BY THE ITALIAN BILLIONAIRE

by Emma Darcy

Published by Harlequin Japan, a Division of K.K. HarperCollins Japan, 2023

身代わりのシンデレラ

◆主要登場人物

ジェニー・ケント……………路上画家。
イザベラ・ロッシーニ……ジェニーの友人。通称ベラ。故人。
ダンテ・ロッシーニ……イザベラの従兄。大財閥の後継者。
マルコ……………………ダンテの祖父。ロッシーニ家の長。
ルチア……………………ダンテの従妹。マルコの孫。
ソフィア…………………ダンテの叔母。ルチアの母。マルコの娘。
ロベルト…………………ダンテの叔父。マルコの息子。
アニヤ・マイケルソン……ダンテの交際相手。

1

オーストラリア、シドニー

「ミス・ロッシーニ……」

　また誰かが私を呼んでいる。ベラの名前で。

　何を言っているのか、ジェニーは懸命に理解しようとした。なぜか頭が混乱して、断片的にしかとらえられない。聞こえている言葉が意味をなさない。まるで濃い霧のなかにいるようだ。晴れかかったかと思うと、また視界が曇る。現実と悪夢のあいだを行ったり来たりしているのかしら？　目を覚まして、ちゃんと現実世界に戻らなければ。でも、まぶたが重くてしかたがない。

「ミス・ロッシーニ……」

　ほら、まただ。ベラはどこ？　なぜ私のことをベラの名前で呼ぶの？　間違えているわ。考えようとすると頭痛がし、頭のなかに霧が渦巻く。わけのわからないことで悩まなくてすむよう、夢の世界に戻ったほうがよほど楽だ。でも知りたい。この悩ましい悪夢を終わらせたい。全身の力を振りしぼってまぶたを開けることに集中しなければ。

「あらまあ！　気がついたみたい！　意識が戻ったのね！」

甲高い叫び声が耳に突き刺さった。急にまぶしい光にさらされ、思わず目を閉じそうになるのを、ジェニーはなんとかこらえた。閉じたら最後、もう一度開けるだけの力が残っているかわからない。ぼんやりした視界にあわただしい動きが映る。

「ドクターを呼びますからね！」

医師……白いベッド……白いカーテン……腕に刺された点滴のチューブ。病院にいるのだ。もう片方の腕は包帯で吊《つ》るされている。脚は毛布で覆われて見えない。毛布をどけようとしたが、できなかった。ひどく体が重い。突然、ジェニーは恐怖に襲われた。私の体は麻痺《まひ》してしまったの？

ベッドの足元にブロンドのきれいな看護師が現れ、青い瞳を心配そうに曇らせてジェニーの顔をのぞきこんだ。「看護師のアリソンよ。ドクター・ファレルをお呼びしたから、もうすぐ見えるわ、ミス・ロッシーニ」

それは自分の名前ではないとジェニーは言おうとしたが、唇が動かなかった。喉も乾ききって、かさついている。

「氷を持ってきてあげましょう」看護師のアリソンが急いで出ていった。

戻ってきたときには、ファレルと名乗る医師と一緒だった。ジェニーは与えられた水を舌で転がすようにして水分を吸った。少しずつ喉を下りていく潤いが気持ちいい。

「意識が戻って、本当によかった、ミス・ロッシーニ」医師がうれしそうに話しかけた。背の低いずんぐりした男性で、年齢は三十代なかばくらいだろう。後退しつつある額の線をものともせず、黒い髪を短くカットしている。ジェニーが意識をとり戻したことに満足し、明るい茶色の瞳を輝かせた。「二週間も昏睡《こんすい》状態でしたからね」

〝なぜ？　私に何があったの？〟パニックに襲われ、ジェニーは必死に目で訴えた。

「あなたは自動車事故に遭ったんですよ」彼女の意図を察したらしく、医師が言った。

「どういうわけかシートベルトをしていなくて、衝突した車から投げだされたようです。その際、頭をひどく打って、脳に打撲を負ったせいで、昏睡状態に陥ったんでしょう。肋《ろっ》骨《こつ》を三本と腕も骨折しています。片方の脚に深い裂傷があって、もう片方にはギプスをしています。足首にも骨折があるのでね。でも、順調に回復していますから、時間がたてば必ず歩けるようになりますよ」

ジェニーはほっとした。麻痺したわけではなかったのだ。とはいえ、打撲した頭の具合はあまりよくないようだ。自動車事故のことは何も覚えていない。それに、シートベルトを装着していなかったというのも妙な気がする。いつも、ほとんど無意識に締めているのに。

「顔をしかめているようですけど、話すことはできそうですか、ミス・ロッシーニ？」ドクター・ファレルが優しく尋ねた。

私はベラ・ロッシーニじゃないわ。どうしてそれがわからないの？

ジェニーは唇を湿らせ、やっとのことでかすれた声を出した。「私の名前は……」

「よかった！　自分の名前がわかるんだね」

違うわ！

もう一度言ってみる。「私の友達は……」

医師は顔を曇らせ、ため息をもらした。気の毒そうに表情をやわらげる。「残念ながら、あなたのお友達はあの事故で亡くなられました。手のほどこしようがなかったんです。助けが到着する前に、車が炎上して。車から投げだされていなければ、あなたも……」

ベラが……死んだ？　焼け死んだの？　恐ろしさのあまり、涙があふれだした。医師がジェニーの手をとり、そっとたたきながら慰めの言葉を口にしたが、声が耳を通りすぎていくだけで何を言っているのかよくわからない。ベラのことで頭はいっぱいだった。あんなにも親切にしてくれたベラが、なんてむごい死に方を。ベラはジェニーを自分が買ったアパートメントに迎え入れ、住む場所を提供してくれた。そればかりか、ベネチアの街を模して造られたベネチアン・フォーラムはイタリア系でなければ働けないが、そこで仕事を得るために、イザベラ・ロッシーニという彼女の名前まで貸してくれたのだ。

身元を間違えられたのは、そのせいかしら？

とめどなく涙が流れる。医師は、そばにいて話しかけるよう看護師に指示して出ていった。ジェニーは何も言えなかった。自分の置かれた状況と友の悲惨な死の衝撃に、ただ呆《ぼう》然《ぜん》とするばかりだ。たったひとりの友人。そのベラにも、ジェニーのほかには誰もいなかった。家族も。どちらも身寄りがなく、同じ境遇の親近感から、二人はすぐに仲よくなったのだった。

誰がベラを埋葬してあげるの？　アパートメントや持ち物はどうなるのかしら……ベラの築きあげた〝家〟が彼女の帰りを待っているのに、そこにベラが戻ることはもうないのだ。

やがて深い悲しみに疲れはて、ジェニーは眠りに落ちた。

目が覚めたとき、アリソンに替わって別の看護師がそばにいた。

「こんにちは。ジルよ。何か欲しいものはあるかしら、ミス・ロッシーニ？」

ロッシーニじゃない。ケント。ジェニー・ケントよ。でももう、どこの誰だろうと気にする人はいない。ベラが亡くなったからには。

不安が胸のなかを駆けめぐる。

退院したら、どこへ行けばいいの？　社会福祉局はどこか身を寄せる場所を探してくれるだろう。幼少時代から十代の初めまでそうだったように。どこもひどい場所だった。怪《け》我《が》のせいでまた福祉施設に入れられることになったら、あの卑劣で残虐な男の耳に噂《うわさ》が入るかもしれない。

突然、嫌悪感に襲われ、胃が引きつった。ベテランのソーシャルワーカーが、性的な奉仕とひきかえに困窮した少女たちを〝援助して〟いる、とジェニーが通報したとき、役所の人間は信じなかった。施設のなかでのその男の立場は堅固で疑われようもなく、ほかの少女たちは報復を恐れてジェニーの訴えを支持しなかった。あげく、ジェニーは、自分の話を聞いてくれなかった腹いせに嘘《うそ》をついたことにされてしまった。あの男が今のジェニーの窮状を知ったら、喜んでまた彼女を虐待の餌食《えじき》にするだろう。

だけど、ほかにどんな選択肢があるの？　生きるためには福祉局に頼らざるをえない。怪我から回復し、ベラと出会う前にしていたように路上でスケッチ画を売って生活できるようになるまでは。ロッシーニの名前なしでは、ベネチアン・フォーラムで働きつづけるのは無理だ。

そのとき、とほうもない考えがジェニーの頭をよぎった……本当にあきらめなければならないのかしら？

ジェニー・ケントは死んだ、とみんなに思われている。

生きているかどうか気にする人は誰もいない。遺体を引きとりに来る人もいない。警察が私をイザベラ・ロッシーニだと信じているのなら、少しのあいだ友達になりすましていようか……あのアパートメントで暮らして……ベネチアン・フォーラムの仕事を続けて……お金を蓄えて……考える時間を、自立する自信がついたときに何をするか考える時間を稼ぐために。

ベラもそれを望むんじゃないかしら……ここで何もかもおしまいになってしまうよりは。

2

イタリア、ローマ
六カ月後

ダンテ・ロッシーニは、アニヤのなまめかしい誘惑を退け、携帯電話に手を伸ばした。

「出ないで！」アニヤが噛《か》みつく。「あとで伝言を聞けばいいじゃない」

「祖父からだ」ダンテは抗議を無視した。

「あら、そう！　おじいさまの電話には飛びつくってわけ！」

アニヤのかんしゃくにうんざりし、ダンテは携帯電話を開きながら、彼女に鋭い視線を向けた。祖父からだということはわかっている。この番号を知っているのは祖父だけだ。

祖父が手術不能な癌《がん》に冒されていると宣告されたとき、すぐに連絡がとれるよう用意したのだ。もちろん、どんなときでも応答する。医師の予測は長くて余命三カ月だった。すでに一カ月が過ぎている。祖父マルコ・ロッシーニに残された時間は少ない。

「ダンテです」彼は早口に答えた。気がせいて胸が締めつけられる。「どうしました?」

当てつけを無視されたアニヤが、バスルームに向かって腹立たしげに歩いていく。アニヤ・マイケルソンとの時間も残り少なそうだ。彼女はなんでも自分の思いどおりになると思っている。すばらしい体を使って存分に楽しませてくれていたので、あまり気にならなかったのだが、あくまで自己中心的な性格がダンテは煩わしくなってきた。あえぐように息を吸いこんで話す祖父の声が聞こえた。「家族にかかわることだ、ダンテ」

家族にかかわる? 祖父が電話をかけてくるときは、たいてい仕事に関することだが。

「何があったんです?」

「ここへ来たときに説明する」

「今すぐでしょうか?」

「そうだ。ぐずぐずするな」

「昼食の前に着きます」

「いい子《グッドボーイ》だ!」

〝ボーイ〟ね……。苦笑しながらダンテは携帯電話を閉じた。彼は三十歳で、祖父から課された後継者としての条件を十代のころにクリアし、世界規模の企業を受け継ぐことが決定していた。ダンテをボーイと呼べるのはマルコ・ロッシーニだけだ。ダンテはその言葉を家族愛の表れと受け止めている。六歳で両親をモーターボートの事故で失って以来、ダンテは祖父の〝ボーイ〟だった。

「私はどうなるの？」ベッドから立ちあがったダンテをアニヤがとがめた。

バスルームのドア枠にもたれ、豊かな曲線を描く体を挑むようにさらしている。肩に長いブロンドの髪をたらし、ふっくらした唇をとがらせて。

ダンテのなかでさっきまで高まっていた欲望は消えうせ、今はいらだちしか感じない。

「悪いけど、出かけなければならない」

「今日は買い物に連れていってくれる約束よ」

「買い物なんかどうでもいい」

バスルームの前に立ちはだかるアニヤをどかそうとウエストに手をかけると、彼女はダンテの首に腕をまわし、体を押しつけてきた。彼女の真っ青な瞳が怒りに燃える。「私にはどうでもいいことじゃないわ、ダンテ。約束したでしょう……」

「また別の機会に。カプリ島に呼ばれたんだ。さあ、通してくれ」

その声も瞳も冷たかった。アニヤはむっとしながらも彼の言葉に従った。ダンテは彼女に視線をくれず、わきを通り、シャワー室に入った。

「急に冷淡になるなんて、ひどい！」アニヤが金切り声をあげる。「本当に頭にくるわ！」

「だったら別の男を探すんだな」ダンテはそっけなく言い返してシャワーの湯を出し、あとに続くわめき声をかき消した。ヒステリーを起こされるのはごめんだし、実際にアーヤがほかの男とつきあおうがどうでもいい。体の見返りに服や宝石を買わされる役目は誰かに譲ってやる。彼女の代わりになりたいと熱望する美女はたくさんいるのだ。

バスルームを出たとき、アニヤの姿はなく、ダンテはそれきり彼女のことは考えもしなかった。ヘリコプターのパイロットにカプリ島へ向かう準備をさせ、あわただしく身支度をしながら、ダンテは一族の顔を思い起こした。祖父を悩ませているのは誰だろう。

叔父のロベルトは、ロンドンにいて現地のホテルの改装を監督している。叔父好みの芸術的な仕事に嬉々《きき》として没頭しているはずだ。ゲイとしての生き方にはつねに充分な配慮をし、マルコも息子が同性愛者である事実を自分の前であからさまにされないかぎり、我慢している。何かとんでもない出来事があったのだろうか？

叔母のソフィアは、一年前に三人目の浪費家の夫と別れた。数百万ドルの手切れ金を要求され、わがまま娘の男を見る目のなさにマルコは歯ぎしりしたものだ。ソフィアには、アメリカ人のいかさま伝道師、パリのプレイボーイ、アルゼンチンのポロ選手との結婚歴があった。どの男も金持ちの妻を手に入れるだけの性的魅力に恵まれていたとみえる。叔母がまたろくでもない相手を見つけたのか？

そして、従妹《いとこ》のルチア。ソフィアとパリのプレイボーイのあいだに生まれた二十四歳の娘。ずる賢く、高慢で、どうしても好きになれない。子供のころから人を監視しているようなところがあり、自分の得になると思えば告げ口する性格だ。しかし、マルコの前ではいつも愛らしく振る舞っている。ルチアが祖父を困らせるとは思えない。とくに莫大《ばくだい》な遺産相続を目前にした今、何があってもそんなことは避けるだろう。

マルコ自身の結婚は一度きりだった。祖母はダンテが生まれる前に亡くなり、その後、マルコは何人かの愛人を持った。みんな厚遇され、〝協定〟の最後には充分な報酬が支払われた。愛人の誰かがもめごとを起こすはずはない。

あれこれ推測してみてもしかたがないとは思うが、祖父から与えられた指示を遂行する前に充分な心の準備をしておきたかった。知は力なり、という教えをダンテにたたきこんだのはマルコだ。大事な会議の場で驚きに打たれる者は準備が足りないわけで、すぐさま不利な立場に陥る。最近では、ダンテが驚かされることはまずなくなった。しかし、祖父が最後の数カ月を過ごす場所としてカプリ島の別荘を選んだのには驚かされた。

なぜベネチアの屋敷ではないのか？　世界じゅうにチェーン展開しているゴンドラ・ホテルも、主要都市のイタリア人街《リトル・イタリー》で運営する複合商業施設ベネチアン・フォーラムも、すべて祖父が故郷とする土地をイメージして造られたのに。確かに、ベネチアはカプリ島ほど空気が澄んでいないし、重い病を患っている者にとって気軽に日光浴を楽しめる場所とも言えない。それでも、生まれ故郷のベネチアで人生の終焉《しゅうえん》を迎えたいだろうと思っていたのだが。

ヘリコプターがカプリ島に近づくにつれ、ダンテはあらためて祖父がここを選んだ理由を考えた。小さく茂る木々が点在する灰色に切りたった断崖《だんがい》、海から突き出たとがった岩、島の上部に広がる白い町並みとターコイズブルーに輝く海。ベネチアを思わせるものは何もない。

別荘は休暇用のもので、もっぱらソフィアとロベルトが使っていた。学生のころ、ダンテは何度か休暇を過ごしたが、祖父が長く滞在することはなかった。島ののんびりした生活を好む様子はなく、いつもできるだけ早く仕事に戻りたがっているように思えたものだ。

ヘリコプターは別荘の裏手にある高台に着陸した。真昼の日差しが照りつける。松の木と、つる棚《パーゴラ》にからまるブーゲンビリアが日陰を作る板石敷きの歩道に入って、ダンテはほっとした。だが、それもつかの間、歩道の先から従妹のルチアが来るのを見て彼はげんなりした。

ルチアは父親似だ。イタリアというよりは、フランス系の面立ちで、焦茶色の髪をしゃれたボブにしている。筋の通った鼻とふっくらした唇、つねに油断のない明るい茶色の瞳の整った顔立ちだ。いかにもフランスの高級品らしい幾何学模様のセクシーなドレスを着こなし、ミニスカートの裾《すそ》からは細くて長い脚が伸びている。

「おじいさまは前庭で待ってらっしゃるわ」ダンテが近づくと、ルチアは向きを変えて一緒に進んだ。

「ありがとう。わざわざついてきてくれなくてもいいよ、ルチア」

ルチアは離れようとしない。「何がどうなっているのか知りたいの」

「呼ばれたのは僕だ。おまえじゃない」

ルチアはむっとした。「私だって同じ家族のひとりよ、ダンテ」

電話を盗み聞きしていたに違いない。ダンテは歩みを止めず、ルチアにつけこまれそうなことは何も言わなかった。邸内に入ると、前庭に続く中央大広間に向かった。別荘の各翼はそこを中心にして広がっている。

黙りこむダンテにじれて、ルチアが気がかりな情報を口にした。「きのう、男が訪ねてきたの。名前は言わなかった。書類鞄《かばん》を持っていて、おじいさまと二人きりで話していたの。おじいさまの顔色がどんどん悪くなって。心配だわ」

「もちろん、マルコを元気づけようと精いっぱいやってくれていると思うよ、ルチア」ダンテは穏やかに言った。

「何が問題なのかわかれば……」

「僕には見当もつかない」

「とぼけないでちょうだい、ダンテ。あなたはなんだって知ってるじゃない」鋭い口調が、甘ったるい調子に変わった。「私は力になりたいだけよ。あの男から何を聞かされたか知らないけど、おじいさまはすっかり元気がなくなってしまって。沈みこんでいるおじいさまを見るのはつらいの」

悪い知らせだったのだ。それがなんであれ、絶対に解決しなければならない。「気の毒に。だが、知らないものは知らないんだよ、ルチア。おじいさんが話したくなるまで待つしかないだろう」

「何かわかったら教えてくれるわよね？」ルチアは執拗《しつよう》だ。

ダンテは肩をすくめた。「内容による」

「おじいさまの面倒を見ているのは私よ。知る必要があるわ」

祖父には専任の看護師がついているし、何人もの使用人が世話に当たっている。ダンテはからかうような表情でルチアを見た。「おまえがここにいるのは自分の利益のためだ。そうでないふりをするのはやめるんだな」

「まあ、あなたったら……あなたったら……」あらんかぎりの罵声《ばせい》が飛びだすのを懸命にこらえているのか、ルチアの口元がゆがんだ。

下心を見透かされてルチアが腹を立てているのはダンテにもお見通しだったが、敵意を表に出すのは彼女の流儀ではない。

「私はおじいさまを愛しているし、おじいさまも私を愛してくれているわ。それは忘れないほうがいいわよ、ダンテ」

たわいもない脅しだが、ぴしゃりと言って満足したらしく、ルチアは中央大広間から右にそれていった。娯楽室にでも向かったのだろう。そこからは、声は聞こえなくても前庭の様子がよく見える。

ダンテは庭の手前で足を止めた。声をかける前に様子を観察したかったのだ。祖父は長椅子で休んでいた。顔はパラソルの陰になり、痩《や》せ細った体に温かい日の光が降りそそいでいる。

紺色のシルクのパジャマはゆったりしているが、たくましかった体の衰えは隠せず、むしろ強調するかのようだ。瞳は閉じられている。頬の肉が落ちたせいで頬骨が張りだし、高い鼻がことさら大きく見える。それでも、突き出た顎の線にいまだ不屈の気概が表れていた。午前中は日光浴をして過ごすことが多いのか、肌は小麦色で、ウエーブのかかった豊かな髪をいっそう白く見せている。

傍らの椅子に身のまわりの世話をする看護師が控え、本を読んでいた。ジュースの入った水差しとグラスのセットが手元のテーブルに用意されている。たくさんの鉢植えの花が咲き乱れ、青く輝く海と空の眺めが穏やかだ。しかし、こののどかな雰囲気が偽りなのはわかっている。解決すべきなんらかの問題が発生したのだ。

テラスの敷石に響く足音で、看護師がダンテに気づき、祖父がぱっと目を開けた。立ちあがった看護師に下がるよう手を振り、祖父はダンテにあいた椅子を示した。看護師の姿が見えなくなり、ダンテが腰を下ろすと、祖父は口を開いた。ダンテは無言で、自分が呼ばれた理由に耳を澄ました。

「ダンテ、おまえに隠していたことがある。ごく内輪の私的な話が。非常につらい出来事だ」祖父のゆがんだ顔には葛藤《かっとう》が表れていた。「おまえに話すべきときが来た」

「どうぞなんなりと」祖父の顔にまざまざと浮かぶ苦悩に、ダンテは心を痛めた。

ふだんは明るく輝く祖父の瞳が曇った。「おまえの祖母、私が愛した唯一の女性、美しいイザベラは、この別荘で亡くなった」

高ぶる感情に声が震えている。ダンテは祖父が落ち着くのを待った。感情を表に出すことのない祖父のとり乱した様子に、困惑する。祖母について知っているのは、新聞で目にした、マルコ・ロッシーニの妻が薬物の過剰摂取で亡くなった、という事実だけだ。ダンテが生まれる前の話で、記事について祖父に尋ねると、その件は二度と口にするなと厳しく命じられた。

妻の突然の、しかもスキャンダラスな死に、何かしらの罪悪感を持っているのかもしれない、とダンテは思っていた。だが、祖父が心から愛した女性が祖母だけなら、簡単に触れることのできない悲しみを胸に秘めていたのかもしれない。人生最後の時を迎える場所としてこの島を選んだのも納得がいく。

マルコはため息をつき、また顔をしかめた。「私たちには三番目の息子がいた」

ロッシーニ家の行方知れずの〝放蕩《ほうとう》息子〟――ときどき紙面に登場するもうひとつのセ

ンセーショナルな物語。マルコの意にそむき、父親の築いた世界から姿を消した異端児については、さまざまな口さがない憶測が流れていた。ロッシーニ家がそれらの憶測について言及することはなく、家族の秘密は戸棚の奥にしっかり封印されていた。その秘密の戸が思いがけず開かれたことに驚き、身じろぎしたダンテを、祖父が鋭く諭した。

「黙って聞け」有無を言わさぬ口調だ。「私はアントニオをわが世界から消し去った。家族の誰も、名前さえ口にしてはならなかった。なぜなら、アントニオのせいでイザベラは死んだからだ。母親を殺したのだ。故意にではない。しかし、違法ドラッグを母親に渡し、死に至らしめた。それが私には許せなかった」

あまりの衝撃に、ダンテはうろたえた。過去の悲劇がなぜ今ごろになって明かされたのか、頭が働かない。勘当された叔父が今になって現れたのだろうか？　それが今度の問題なのか？

「アントニオは四人きょうだいの末っ子だった。おまえの父親のアレッサンドロは……」祖父はため息をつき、首を振った。長男を失った悲しみは今も癒《いや》されていない。「アレッサンドロは、どこをとっても私に似ていた。ダンテ、おまえもそうだ」

確かに、ダンテと彼の父親はマルコから外見を受け継いでいた。波打つ豊かな髪、深くくぼんだ焦茶色の瞳、がっしりした高い鼻、角張った顎のまんなかのわずかなくぼみまで。

「ロベルトは……もう少しおとなしかった」祖父は切なく思い出しながら続けた。「アレッサンドロのように競争好きでないことは、幼いころからはっきりしていた。しかし、芸術的才能を生かして、それなりにうまくやっている。次のソフィアは……初めての女の子でひどく甘やかされ、すっかりわがままになってしまった。今、そのつけを払わされているが、あの子の振る舞いを責めることはできない。それからアントニオだ……」

祖父は目を閉じた。末息子の記憶はまだ闇《やみ》のなかにしまわれているのだ。アントニオのことを話すには、かなりの勇気が必要だった。

「あれはとても利発な子だった。いたずらっ子で陽気で、びっくりするようなことをしては私たちを笑わせてくれた。イザベラはあの子を心底かわいがっていた。四人の子供のうちで、あの子がいちばんイザベラに似ていたんだ。あの子は……イザベラの喜びそのものだった」

ひと言ひと言につらさがにじみ出ている。マルコもまた、かわいい末っ子に喜びを見いだしていたに違いない。

「アントニオには学校は簡単すぎてつまらなかった。それでほかの刺激を求めた。冒険、パーティ、肉体的スリル、ドラッグも。私は知らなかったが、イザベラはドラッグに気づいていた。彼女は私に隠していたんだ。イザベラが死んだとき、アントニオが白状した。ドラッグをやめさせようとした母親に、あいつは、まったく無害だし、どんなにいい気分になるか自分で試してみたらいいと勧めたんだ」祖父は目を開け、あざけるように瞳を光らせて苦々しく繰り返した。「無害だと……」

「なんと痛ましい」ダンテは、妻の死の真相を知ったときの祖父の驚きと二重の悲嘆を思いやった。

「アントニオが死ぬべきだったんだ。私の大事なイザベラではなく。だから私は、私の世界に関するかぎり、あいつを完全に抹殺した」

祖父の気持ちを理解してダンテはうなずいた。この事実が自分の人生に影響したことはなく、これほどの一大事が完璧《かんぺき》に隠されていたとは、信じられなかった。親子のあいだにドラッグのつながりがあり、それが闇に葬られたのは、間違いなく祖父の絶対的な力によるものだ。

かすれた陰気な笑い声が祖父の喉から小さくもれた。「あいつと和解してもいいと思っていた。息子が死ぬのは、ひとりでも充分つらい。アレッサンドロのことはつらかった……だが、少なくともおまえがいた。おまえが空白を埋めてくれた。しかし、アントニオは消えたままだ。そして今、本当に失ってしまった。もはや和解もかなわない」

ダンテは眉根を寄せた。「というと……」

「探偵社にアントニオの捜索を依頼した。どんな暮らしをしているか、会えるかどうか調べてほしいと。きのう、探偵社の社長が現れた。アントニオとその妻は、二年前に飛行機事故で亡くなっていた。自家用機を操縦していて、悪天候に操縦ミスが重なったらしい

「……」

「お気の毒に」

「仲直りするには遅すぎた」祖父はぽつりとつぶやいた。「だがな、娘がいたんだ。アントニオは自分の母親の名前をとって、イザベラと名づけていた。ダンテ、オーストラリアに行って、その子をここに連れてきてほしい」急に生気をとり戻し、マルコの瞳が強い光を放った。「ダンテ、おまえなら、なんとしてでもその子を連れてきてくれるはずだ。私にはもう時間がない……」

「もちろん、必ず連れてきます。彼女がどこにいるかご存じですか？」

「シドニーだ」口元が皮肉っぽくゆがんだ。「なんと、ベネチアン・フォーラムで働いているという。わけなく見つかるだろう」祖父はテーブルからファイルをとりあげた。「必要な情報はすべて、このなかにそろっている」

ダンテはファイルを受けとった。

「イザベラ・ロッシーニ……」祖父は心からいとおしむようにその名を口にした。「アントニオの娘を私のもとへ連れてきてくれ、ダンテ。亡くなったイザベラも、生きていたらそれを望むだろう。私たちの孫娘をわが家に連れ戻してくれ……」

3

土曜日のベネチアン・フォーラムは、ジェニーの稼ぎ時だった。運河の両側に並ぶ朝市が週末の人出でにぎわい、お祭り気分をかもしだす。客は中央広場を囲むレストランで食事をする。屋台のあいだをぶらぶらするうちに、木炭で肖像画を描《か》くジェニーが目にとまり、描いてもらいたい気分になる。そんなわけで、土曜日には一週間暮らせるだけの実入りがあった。

今日のように晴れた日はなおさらだ。まだ九月上旬、オーストラリアでは春になったばかりだが、まるで夏のような陽気だった。輝く青空には雲ひとつなく、冷たい風も吹いていない。客は、きらびやかなベネチアの仮面や手作りのアクセサリー、手描《が》きのスカーフ、ひとつひとつ異なる吹きガラスの工芸品などをゆっくり見てまわる。どれも美しく、買いたいものは尽きない。

ため息橋にたたずむ観光客や、ゴンドラの乗客を撮る街頭写真屋も大繁盛だ。彼らはジェニーの商売敵ではない。手描きの肖像画には写真と違う趣があるから。

小さい男の子の絵を描きおえたジェニーは、満足そうな親から代金を受けとり、列に並ぶ次の客の準備にとりかかった。十代の女の子がくすくす笑いながら、ポーズをとる椅子のほうへ友達二人に押しだされてきた。

少女たちの横にかなり人目を引く男性が立っていた。彼も順番を待っているのかしら？そうでありますように。とびきりのハンサムだ。つややかで豊かな髪はキャラメル色から濃いチョコレート色までさまざまな色合いを見せ、生まれつきのウエーブを生かして、みごとにカットされている。木炭画で複雑な髪の色を出せないのは残念だけれど、顔立ちだけでも充分に魅力的で腕の発揮しがいがある。鋭く弧を描く眉、深くくぼんだ目、力強い感じの鼻と顎の線。対照的に唇は厚くセクシーで、顎のまんなかにくぼみがある。

女の子の絵を描きながら、ジェニーは彼のほうを盗み見た。立ち去る様子はなく、しばらく仕事を見物する気でいるようだ。とても男性的な人。ずば抜けて背が高く、パワーあふれるたくましい体つきをしている。

身につけているものは高級品だ。仕立てのいい黄褐色のスラックスに、黄褐色の細いストライプの入った上質の白いシャツ。同じく、黄褐色の革のローファーはイタリア製のようだ。茶色のスウェードのジャケットをさりげなく肩にかけている。年齢は三十歳くらいだろうか。一流のビジネスで成功している落ち着きが感じられ、決めたことは必ず成し遂げる自負心がうかがえる。

上流階級なのは間違いない。デートの前の時間つぶしかしら。フォーラムで最高級のレストランでランチをとるのかもしれない。もうすぐ正午だ。今にも美しい女性が現れて彼を連れ去るのではないかとジェニーは思った。そうなったらがっかりだけれど、彼のような男性が路上画家の前でポーズをとるなんて考えられない。

ところが、どうも彼が見ているのは仕事ではなく、ジェニー自身だという気がしてきた。あんな男性が個人的な興味を持つなんておかしい。彼の目はジェニーのぼさぼさにもつれた黒髪を見つめ、本人は平凡きわまりないと思っている顔立ちを観察している。さらに、だぶだぶの黒いチュニックとスラックスから、履き古した黒いウォーキングシューズへと視線が移動する。

私はおよそ、いい女とはほど遠い。これ以上身の置きどころのない思いをさせないで、とジェニーは祈った。女の子の肖像画を描くことに没頭しようとしても、視界の隅に映る彼の存在が気になってしかたがない。できあがった絵の代金を受けとるあいだに、男性は思わせぶりにジェニーの前に来て、少女が座っていた椅子に腰を下ろした。

ジェニーは大きく深呼吸をし、自分の椅子に腰かけた。こんなに緊張するなんてどうかしている。描きたいと思った人がそのチャンスをくれたのに、新しい木炭を持とうとした手が震え、イーゼルの上の真っ白な紙に気後れする。ジェニーは覚悟を決め、男性を正面から見つめた。彼がほほ笑むと、心臓がひっくり返りそうになった。笑った顔は息をのむほどハンサムだ。

「毎日ここで描いているのかい？」

ジェニーは首を振った。「水曜から日曜までよ」

「月曜と火曜は人出が少ないのか？」

「ええ、たいていは」

男性は首をかしげ、物珍しそうにジェニーを見つめている。「こういう風まかせの暮らしが気に入っているの？」

立ち入った質問に、ジェニーは思わずむっとした。自分のほうがはるかにすぐれた存在であるかのような言いぐさだ。もちろん、彼は生まれてこの方、その地位を享受してきたに違いないけれど。「ええ、そうよ。誰の指図も受けなくていいもの」当てつけがましく答える。

「自由なほうがいいというわけか」

彼のしつこさにジェニーは眉をひそめた。「描いているあいだ、動かないでもらえるかしら」

つまり、私の邪魔をしないでってことよ。

だが、彼はジェニーの命令に従う気などみじんもなさそうだ。おそらく誰の命令でも。

「静物画みたいに描かれるのはいやなんだ」男性はまた、胸が躍るような笑みを浮かべた。

「話しているあいだに感じたものを描いてくれ」

どうして話をしたいの？

私に気があるはずはない。彼みたいな男性がこんな女に興味を持つわけがないもの。ジェニーは気をとり直し、頭の輪郭を描いた。髪をうまく描ければ、顔の特徴を描きやすくなるかもしれない。

「ずっと画家になりたかったのか？」

「得意なのはそれだけだから」なおも関心を示され、警戒心がつのる。

「肖像画のほかに、風景画も描くのかい？」

「少しは」

「売れる？」

「多少」

「どこで買えるのかな？」

「月曜と火曜にサーキュラー・キーで」ジェニーは皮肉っぽく男性を見た。「路上画家だから、観光客向けの絵よ。港とかオペラハウスとか。あなたが買いたいような絵じゃないと思うわ」

「どうして？」

「名のある画家のほうがお好みでしょう」

ジェニーの当てこすりを受け流し、男性は愛想よく言った。「きみもいつか有名になるかもしれないじゃないか」

「それで、あなたは新しい才能を発見したことにご満悦なの？」本心とは思えない。どうしてからかいつづけるのか不可解で、ますます不安になる。

「ここには発見の旅に来ているのでね」

奇妙な言い方に、ジェニーは思わず尋ねた。「どちらから？」

「イタリアだ」

ジェニーは男性の顔をあらためて観察した。なめらかな褐色の肌、特徴的な高い鼻、官能的な唇はラテン系の特徴だ。イタリア人だからといって驚くには当たらない。

顔のスケッチにとりかかりながらジェニーは言った。「ベネチア気分を味わいたいなら、現地に行ったほうが早いわよ」

「ベネチアならよく知っているさ。僕の目的はもっと個人的なことだ」

「自分探しとか？」ジェニーはちゃかした。

彼は笑った。印象的な顔立ちが、いっそうカリスマ性をおびる。この手の男性は間違いなく女性をめろめろにさせる。ジェニーはその魅力を絵のなかに閉じこめようとしたが、輝くばかりの表情は紙に写しとる間もなく消えてしまった。急に真剣な目つきになり、どんな厚い防御壁でも崩してみせるとばかりにジェニーを見据える。

「きみを迎えに来たんだ、イザベラ」

男性の口から発せられた友人の名前に驚き、ジェニーは呆然《ぼうぜん》と相手を見つめた。どうしてこの人が知っているの？　肖像画には〝ベラ〟とサインしている。〝イザベラ〟ではない。この奇妙な相手との出会いを、ジェニーは最初から思い返した。似顔絵描きの客になりそうなタイプではないこと、ジェニーを熱心に観察していたこと、仕事の内容を知りたがったこと、個人的な質問。頭のなかで危険を知らせる警報が鳴りひびく。

私が偽者だと暴きに来たの？

いいえ！

私をベラだと思っているのだから、ベラ本人のことは知らないのだ。私をイザベラ・ロッシーニだと思っている露店主の誰かから名前を聞いたに違いない。これは女性を引っかける作戦かしら？　でも、なぜそんなことを？

「なんですって！」ジェニーは精いっぱい怒ってみせた。こそこそ嗅《か》ぎまわって、出し抜いた気になっているのだろうか。

彼は詫《わ》びるようなそぶりを見せた。「もってまわった言い方ですまない。絶縁した家族と会うのは何かと難しいから、慎重に進めたいと思って。僕はダンテ・ロッシーニ。きみの従兄《いとこ》に当たる。ここに来たのは、きみをイタリアに連れていってほかの親族に対面してもらうためだ」

思いもよらない言葉にジェニーは驚愕《きょうがく》した。ベラは誰も身寄りがいないと言っていたのに。イタリアに縁故があるとも聞いていない。でも、絶縁していたというなら、親戚《しんせき》のことは聞かされないまま飛行機事故で両親を失い、天涯孤独の身になったと思いこんだのかもしれない。

とはいえ、この人の言うことは本当なの？　だとしても、ベラだったらどうするかしら？　イタリアの親戚とやらは、ずっとベラのことをほったらかしていて、なぜ今ごろになって現れたの？

どっと恐怖がこみあげ、ジェニーは思わず立ちあがった。恐ろしさのあまり、止める間もなく言葉が飛びだしていた。「帰って！」

たちまちダンテの余裕たっぷりの態度が消えた。

ジェニーは相手の反応を待っていなかった。未完成の肖像画をイーゼルからはぎとって丸め、話は終わりだとばかりに、ごみ箱に投げ捨てる。

「何が望みか知らないけど、私はいっさいかかわりたくないわ。さっさと帰って！」刺すような視線で拒絶する。

ダンテは立ちあがり、急に手ごわそうな顔つきになった。「それはできない」

「帰らないなら」ジェニーは言いつのった。「フォーラムの責任者に、つきまとわれて困っていると訴えるわよ」

ダンテは首を振った。「ここの人間は僕に逆らわないと思うね、イザベラ」

「そんなことないわ。セキュリティ面は厳しいんだから」

ダンテは顔をしかめた。「ロッシーニ家がすべてのベネチアン・フォーラムを所有していることは知っているだろう。だから、ここのアパートメントを買ったんじゃないのか」

ジェニーは心臓がひっくり返りそうになった。ベラは知っていたの？　ひと言も言わなかったけれど。それに、彼が言ったのはどういう意味かしら……すべてのベネチアン・フォーラムって。世界じゅうにあるの？　だったら、ロッシーニ家はとんでもない大金持ちだ。そんな彼を敵にまわして、私の味方になってくれる人などいるはずがない。私は彼の手のひらでもてあそばれているも同然だ。

「ここの責任者にはもう話してある。僕が間違いなくロッシーニ家の人間だと確認したいなら、喜んで管理事務所まで連れていくけど……」

「いやよ！　あなたとなんか、どこへも行くものですか！」パニックに陥り、ジェニーは叫び声に近い声を浴びせた。

その声は通行人の注意を引き、客の相手をしていた写真屋のルイージが仕事を中断してさりげなく近づいてきた。「何かもめごとかい、ベラ？」

ルイージを巻きこんで、フォーラムを掌中に握る男に逆らわせるわけにはいかない。ここでの仕事には彼の生活がかかっている。二人の男性はにらみあった。どちらもいかにも男らしいイタリア人だ。二人のあいだに張りつめた空気が流れ、どちらも引きさがりそうにない。

「いいのよ、ルイージ。ちょっとした家族のいざこざなの」ジェニーは言った。これで彼は納得するだろう。イタリア人は家族で派手な喧嘩《けんか》をし、自分たちで解決する。それは、フォーラムで働くあいだに学んだことだった。

「そうか、もう少し穏やかにやってくれよ。お客さんが驚いて逃げてしまうからな」

「ごめんなさい」

ルイージは肩をすくめて離れていきながら、ダンテのほうに軽く手を振った。「その人にお昼をおごってもらえよ。それくらいなんでもないって感じだぜ。ワインでも飲んでさ……」

「すばらしい考えだ」ダンテが同意した。「片づけを手伝うよ、イザベラ」

ジェニーが口を開く前に、ダンテは座っていた折りたたみ椅子をすばやく手にした。彼の自信満々の態度に足をすくわれた気分だ。闘う力はないにしても、とにかく逃げなくては。この人は家族ではない。イザベラの名前を使うことは害のない嘘《うそ》だと思ったのに。生きのびるための一時的な方便で誰にも迷惑はかからないはずだったのに、こんな抜きさしならない事態になって、どう収拾したらいいのだろう。

「今ごろになってなぜ現れたの？　どうして？」ジェニーは、イーゼルに近づいてくるダンテを問いつめた。

「状況が変わったんだ」

またその笑顔。こんなに近くでほほ笑まれたら、どんな女性でも脚から力が抜けてしまう。私も例外ではない。ダンテ・ロッシーニはしびれるようなセックスアピールを放っている。

「昼食をとりながら説明するよ」

焦茶色の温かい瞳の前には、どんな抵抗もとろけそうだ。説得力のある甘い声でささやかれると、なおさら。

背筋に震えが走り、耳の奥で鼓動がこだまし、頭の隅で危険だと叫ぶ声がする。この人の魅力に屈してはだめ。なんとかここから逃げなければ、とんでもないことになる。

「遅すぎたわ」ジェニーは夢中で口走った。それは事実だ。ベラは死んでしまったのだから。でも、それは明かせない。「私の人生にあなたたちは必要ないわ。いらないのよ」まくしたてながら、彼があきらめてくれることを願った。

「だったら、なぜベネチアン・フォーラムに落ち着いたんだ?」彼女のヒステリックな言い分が信じがたいというようにダンテの目が険しくなった。

ベラのしたことだもの。ジェニーはわけがわからなくなった。同居させてくれて、ロッシーニの名前を使わせてくれたのは、何か意図があってのことだったのだろうか? フォーラムの幹部の目にとまり、ロッシーニ家の耳に入ることがあるかもしれないとベラは考えていたのかしら？

私はおとりとして利用されたの？

ベラとの出会い……話がうますぎる提案……珍しく自分にも幸運が味方してくれたと思いこもうとした。ジェニーは首を振った。そんなことは今、どうでもいい。ベラの名を騙《かた》って居座るべきではなかったのだ。あげくのはてに、こんな恐ろしい事態になってしまった。

「どう思ってもらってもけっこうよ」迎えに来るのが遅すぎたベラの従兄に、ジェニーはぶっきらぼうに言った。「もう行くわ」

ジェニーは急いでイーゼルを片づけた。気があせるあまり落とした木炭の箱を、ダンテがすばやく拾いあげてさしだす。無視することはできない。おまけに彼はまだ折りたたみ椅子を持っている。

「どうも」ジェニーはつぶやき、ひったくるように箱を受けとって、キャリーケースにほうりこんだ。

「僕はどこへも行くつもりはない、イザベラ」ダンテが警告する。

冷徹な意志を感じてジェニーは震えあがった。これだけの富と権力があれば、相手が服従するのが当然だと思っているかもしれない。拒絶されたら、自尊心が傷つき、なおさら執拗《しつよう》になるだろう。こうなったら、何がなんでも姿を消すしかない。アパートメントに帰り、身のまわりのものだけ持ってここを離れよう。バスか電車か飛行機か……とにかくなんでもかまわない、遠くへ運んでくれるなら。ダンテはジェニー・ケントを捜しはしない。ジェニーは彼になんの関係もないのだから。

キャリーケースは片づいた。ジェニーは自分の椅子をたたんで小わきに抱え、この危機的状況から抜けだすにはダンテと対峙《たいじ》しなければならないと覚悟した。ありったけの勇気をかき集め、相手の目をまっすぐに見ながらきっぱりと言う。

「これ以上あなたの時間を無駄にしないで。イザベラ・ロッシーニは、これまでずっとあなた方一族のなかに存在していなかった。突然、そちらが望んだからといって、それは変わらないわ。椅子を渡してくれたら、もう私にかまわないで」

ダンテは首を振った。彼女の態度は理解できず、認めるわけにもいかなかった。

ジェニーには、これ以上の議論は耐えられなかった。「じゃあ、それはあげるわ」彼女は手を振り、きびすを返した。震える脚でフォーラムの敷地を横切っていく。アパートメントに帰れば、彼はそれ以上ついてこられない。

椅子なんかどうでもいい。

どうせ置いていかなければならないのだ。

姿を消すには、なるべく身軽なほうがいいから。できるだけ速く、できるだけ遠くへ、誰も追ってこられないよう、なんの痕跡《こんせき》も残さずに。

4

ダンテが祖父の頼みをかなえなかったことは一度もなかった。今度の件をしくじるなど、とうてい考えられない。何があってもイザベラ・ロッシーニをカプリ島に連れて帰るつもりだ。

ダンテは、断固とした足どりで離れていくイザベラのあとを数歩遅れてついていった。さっきの彼女の反応を分析する時間が必要だ。またあの理屈に合わない拒絶反応と渡りあう前によく考えてみなければ。両親を亡くしたあと、フォーラムに住まいと仕事を構えたのだから、一族との接触を望んでいるとばかり思っていた。こうなったら、まったく違う角度から考えてみなければならない。

プライドが高いのか？

長いあいだひとりで生計を立てなければならなかったために培われた過度の独立心？

背を向ける直前、彼女の瞳には怯《おび》えが浮かんでいた。何に怯えているのか？　生活の変化？　未知なる世界？

美しい瞳だ。引きこまれるような琥珀《こはく》色の瞳は濃いまつげに縁どられ、凝った化粧なしでも充分印象的だ。どちらかというと痩《や》せた顔のなかで目立つ大きめのふっくらした唇も、ダンテの好みだった。伸ばしっぱなしの髪はうまくカットすればいい。美容師に磨きをかけさせ、デザイナーズブランドの服を着せれば、だぶだぶの黒い服に隠されたほっそりした体によく似合うだろう。そうなったら、ルチアは、突然現れた従姉《いとこ》にさぞ嫉妬《しっと》するに違いない。

それればかりか、マルコの財産の一部がもうひとりの孫娘にとられることにひどく腹を立てるはずだ。

財産……。

交渉の道具に使えるかもしれない。イザベラの両親は、あのアパートメントを買える程度の金しか遺《のこ》さなかったようだ。祖父が気に入れば、この先一日も働かなくてすむようになる。ルチアのように贅沢三昧《ぜいたくざんまい》の生活が約束される。それを拒む女性がこの世にいるとは思えない。イザベラがその餌《えさ》に飛びつくよう、うまく言い聞かせればいいだけだ。

自信をとり戻し、ダンテは歩みを速めた。イザベラはアパートメントの南棟行きのエレベーターに向かっている。ダンテは建物を見上げ、建築家の設計したカラフルな色の組み合わせに微笑した。ピンク、レモンイエロー、緑、赤、青、オレンジ、紫。ベネチアからフェリーですぐのムラーノ島やブラーノ島の色鮮やかな家並みを思い出させる。

イザベラの家は三階にある紫色の部屋だった。バルコニーにピンクのゼラニウムの鉢が並んでいる。なかなか家庭的な雰囲気だ。

〝私の人生にあなたたちは必要ないわ〟

とげとげしい言葉を思い出し、ダンテの胸が引きつった。彼女にとってはそうでも、マルコのために二カ月くらいの時間は提供できるはずだ。とくにその見返りが莫大《ばくだい》だとなれば。カプリ島に行けば大変な金が手に入るということを彼女が疑うようなら、自分の金で前払いしてもいいとさえ思っていた。アニヤ・マイケルソンにさえ、機嫌をとるために法外な額をつぎこんだほどだ。祖父が過去を清算して心の平安を得られるなら、かまわない。

イザベラの指がエレベーターのボタンを押している。まるであせりと不安をぶつけるかのようだ。ドアが開くのを待つあいだも前方を見て、隣に立つ彼の存在を無視している。

ダンテは人から無視されるのに慣れていなかった。金の話をすればどうせ態度が変わるのだから、腹を立ててはならないと自分に言い聞かせても、いらだちを抑えるのは難しい。

「怒らせて申し訳ない、イザベラ。そんなつもりじゃなかったんだ」なだめるように言う。

返事はない。イザベラの顎が引きしまった。歯を食いしばって、ひと言も口をきくまいとこらえているのだろう。意固地な態度にいらだちがつのる。喧嘩《けんか》を売られている気分だ。打ち負かしたら、どんなに気持ちがいいか。無礼で強情な態度をへこませられたら。

「きみにとって非常に有益な提案を聞いてもらいたいんだが」とりつく島のない態度は駆

け引きのための小細工だったりしないだろうか。拒絶したことで、より大きな利益が保証される。

エレベーターのドアが開くと、イザベラがいきなり振り返った。殺気だった瞳が鋭く光る。「興味ないと言っているでしょう！」イザベラはきっぱりと言い放ち、エレベーターに乗って自分の階のボタンを押した。

彼女を追ってダンテも乗りこんだ。

いらだちが頂点に達したのか、イザベラはダンテをにらみつけた。「言ったでしょう……」

「椅子を階上《うえ》まで持っていってあげよう」ダンテは平然として言った。「今持っている道具だけでも、かなり重いんじゃないかと思ってね」

イザベラはあきれたように目をまわした。ドアが閉まると、階数を表示するボタンの点滅に視線をそそぐ。全身をこわばらせて彼の重圧をはねつけようとしている。無視しているつもりでも、内心、意識せずにはいられないのだ。

彼女が従妹《いとこ》とは残念だ。ベッドの上で思いどおりにして、なんでもあなたの言うとおりにするわと言わせせられたら、最高の気分だろう。このがちがちの体が震え、服従するのを見られたら！　だが、血のつながりが濃すぎる。祖父はそんな策略を決して許さない。

誘惑するという作戦を考えているあいだに、恋人の存在が障害になっているのではないかという気がしてきた。「ルイージはきみの恋人か？」

エレベーターの上昇に意識を集中していたイザベラは、唐突な質問に驚いたようだ。

「違うわ」心配そうに眉間《みけん》にしわを寄せる。「だから、私の代わりに彼を困らせたりしないで。彼はただの仕事仲間よ。ほかに恋人がいないか嗅《か》ぎまわるのもやめて。恋人なんていないわ」

「よかった！　だったら、きみをイタリアへ連れていっても、誰も文句は言わないんだね」

「いい加減にして。あなたとはどこへも行くつもりはないと言ったでしょう！」イザベラはいらだちを爆発させた。

「どうして？　中断しても困るものがここにないんだったら、今まで知らなかった家族に会ってみたいと思うのが人情だろう」

イザベラの顔にひどく動揺した表情が浮かんだ。

家族に会うことを怖がっている？　見知らぬ人たちに寄ってたかって厳しくチェックされるとでも思っているのか？

「祖父は……きみのおじいさんは……きみに会いたがっているんだよ、イザベラ」ダンテは言葉を重ね、ついに切り札を出した。「マルコ・ロッシーニは非常に裕福だ。願いを聞いてくれれば、たくさんご褒美をくれるだろう。夢にも思わなかったような大金が手に入るんだ」

「お金なんかいらないわ！」

彼女の顔には恐怖が張りつき、全身が小刻みに震えている。そんな反応をされるとは思ってもみなかった。次にどんな手を打てばいいか、ダンテはとほうに暮れた。こんな女性がいるはずがない。安定した暮らしを約束しているのに、拒絶反応を起こすとは、完全に頭がどうかしている。

エレベーターが止まった。やっと通れるくらいに開いたすきまからイザベラは飛びだした。まるで地獄の番犬が足元まで追いかけてきているかのように、一目散に廊下を走っていく。ダンテは急いであとを追った。こうなったら、わけのわからない事態にとことんつきあってやる。

イザベラは自分の部屋のドアに鍵《かぎ》をさすなり、押しあけようとした。一瞬のすきにくるりと身をひるがえし、僕を締めだすだろう。ダンテはそのチャンスを与えまいと、彼女の後ろから室内に押し入った。それで相手がどんなに怒り、おかしくなろうと、知ったことではない。言葉で説得するのに飽き飽きしてきた。両手を縛って猿ぐつわをしてでも、カプリ島に行くのが最善の選択だとわかるまで、こっちの話を聞いてもらうしかない。

「家宅侵入よ！」イザベラはダンテにどなった。興奮した胸が盛りあがる。

魅力的な胸だ。ダンテの視線はいやでも吸い寄せられた。

「冷静に考えれば、誰もそうは思わないさ。きみは僕が椅子を運ぶことを断らなかったんだから」落ち着き払ってダンテは指摘した。「それを持ってきみの部屋に入っても、少しもおかしくない」

イザベラはイーゼルの入ったキャリーケースを床に落とした。わきに抱えていた椅子も音をたてて落ちる。ダンテから折りたたみ椅子を奪いとってキャリーケースの上にほうり投げ、握りしめた両手を腰に当てる。どんな口実だろうと許可なく自分の部屋に入ることは許さない、と目が鋭い光を放つ。

「さあ、出ていって！」

「僕の用件がすんだらね」

ダンテはドアを閉め、イザベラが開けられないよう、ドアを背にして立った。力ずくで外にほうりだそうとするだろうか。彼女の目はせわしなくダンテの体つきを値踏みしている。男の獰猛《どうもう》な本能を目覚めさせたことに気づいただろうか。彼女の攻撃を力で押さえつけることに快感をおぼえる獰猛さだ。今やダンテは、彼女を押さえつけたくてうずうずしていた。

イザベラはなんとか怒りを抑えているらしい。挑むように顎を上げ、次なる警告を発した。「今すぐ出ていかないと、警察を呼ぶわよ」

「どうぞ。呼んでくれ」ダンテはひるまなかった。ここにいる正当な理由があるのだから。

イザベラは決めかねているようだ。

「警察が来るまで、祖父がきみに会いたがっている理由を聞いてくれてもいいと思うが」マルコのことを口にしたとたん、イザベラがびくっとした。祖父に会いたいと思われているのがつらい、とでもいうように。いったい彼女の頭のなかはどうなっているんだ。やみくもに取り引きを迫りたくはないが、彼女にしたって、警察にあれこれきかれるよりは、こっちの話を聞いているほうがずっと楽なはずなのに。

「話が終わったら出ていくと約束して」イザベラは迫った。不本意な選択に追いこまれた腹立たしさに、口調が激しくなる。

「名誉にかけて」一緒に来ると同意させるまで、ダンテは話をやめる気はなかった。

イザベラは大きくため息をつき、精いっぱい澄ました顔で居間に入って椅子に腰を下ろした。両手を膝の上で組み、無表情にダンテを見つめる。まるで、校長からいわれのない説教をされて早く逃げたいと思っている反抗的な生徒のようだ。

ダンテはソファの肘掛けにもたれ、ドアとイザベラのあいだに陣どった。「家族の断絶について、お父さんはどう説明していたんだ？」亡くなったアントニオが自分を正当化するためにマルコのことを悪く言っていた可能性もある。

イザベラは首を振った。「話をするのはあなたよ。私は聞くだけ」

ダンテは祖父から聞いたアントニオの勘当の経緯を話し、ほかの家族のことも補足した。

自分の両親も亡くなったこと、二人の息子に死なれた祖父の嘆き、癌《がん》で余命三カ月と宣告され、すでに一カ月が過ぎていること、アントニオを捜してイザベラにたどり着き、孫娘と会いたがっていることまで。

情に訴える作戦だったので、イザベラの目に涙が浮かぶのを見てダンテは満足した。これなら協力してくれるだろう。「祖父は死にかけているんだ、イザベラ。もう時間がない。少しでも祖父のことを思ってくれるなら……」

「行けないわ！」イザベラは叫んだ。両手で顔を覆い、しゃくりあげる。「ごめんなさい……本当にごめんなさい……」

「手配はすべてこちらでする。きみに負担はかけないから」ダンテはたたみかけた。

「いいえ……違うの……あなたはわかっていないのよ」彼女は喉をつまらせた。

「だったら、この僕にもわかるように教えてくれないか」

イザベラは涙が伝う顔から両手を下ろし、大きく息を吸いこんで、うつろな目を向けた。

「もう遅いのよ」悲しみに打ちひしがれた声で叫ぶ。「ベラは半年前に自動車事故で死んだの。彼女には誰も身寄りがないと思っていたから、少しのあいだ彼女になりすましても大丈夫だろうと思ったの。ごめんなさい……あなたのおじいさんが、ベラがまだ生きていると思っているなんて。ああ、どうしよう！」激しい後悔の念もあらわに、彼女は首を振った。「誰も傷つけるつもりはなかったのに」

ダンテは愕然《がくぜん》とした。最初から実行不能な任務だったのか。孫娘まで亡くなっていたとは。まぶたを閉じて目の前にいる詐欺師の姿を追いだし、祖父を思い浮かべる。マルコは、愛する妻の面影があるかもしれないもうひとりのイザベラが生きていると信じているのに。祖父を奈落《ならく》の底に突き落とす絶望的な知らせを持ち帰らなければならないとは。

ふつふつと怒りがこみあげた。私立探偵はどうしてすり替わりに気づかなかったんだ？　この女はどうやってみんなを欺いたのか？　今となっては、最初の反応も不思議ではない。正体がばれることを恐れて、びくびくしていたのだ。ダンテは目を開け、敵意もあらわににらみつけた。

「どうやって誰にも疑われずにイザベラになりすましたのか、説明してもらおう」ダンテは彼女に近づき、威圧するように立った。何がなんでも答えてもらうつもりだ。

今度は彼女も抵抗せず、ダンテの実の従妹と自分のつながりを打ち明けた。イザベラの家に同居することになり、フォーラムで働くために名前を使わせてもらったいきさつ。自動車事故が起こり、イザベラは身元がわからないほど焼けただれてしまったこと。自分の身分証明書も焼け、車から投げだされたときに持っていたハンドバッグのせいで警察が勘違いし……。

「なぜシートベルトを外していたか、あとで思い出したわ。運転していたベラに、後部座席にある彼女のハンドバッグからお菓子の袋をとってと言われて、シートベルトが邪魔で手が届かなかったから、ベルトを外したの。それで、バッグをとって膝の上にのせていたのよ」

「バッグのなかに免許証が入っているだろう」ダンテはぴしゃりと指摘した。「免許証に顔写真があるから、わかりそうなものだ……」

「あまりよく撮れていなかったのよ。二人とも長い巻き毛で、色はイザベラのほうが濃いけど、光の加減で変わるし、笑っていたから私ほど口が大きくないということもわからなかったのね。目を細めていたから、目の形の違いも目立たなかったし。それに、私の顔は事故で腫《は》れあがって痣《あざ》だらけだったから、丸く見えたんだと思うわ。それでも、警察は念を入れてフォーラムの人事担当者を呼んで私の身元を確認させたのよ。でも、私はベラの名前で働いていたから……」

「きみにとっては都合のいいことだ」

辛辣《しんらつ》な皮肉に、ジェニーは赤くなった。「事故のあと、二週間も昏睡《こんすい》状態だったの。身元を確認されたときは、まだ意識がなくて。目が覚めたときには、病院の人たちが私をミス・ロッシーニって……私は訂正しなかった。行く当てもなく、怪我《けが》を治す時間も必要だったし、ベラもたぶん反対しないだろうと思って……」

「反対できるわけがないだろう」ダンテは残酷に皮肉った。「死んでしまったんだから」

「ええ」ジェニーは惨めな思いで認めた。「ごめんなさい。あなた方のことは知らなかったの。ベラは、私と同じで身寄りがないと言っていたから。意識が戻って、警察が運転者の身元を確認しに来たときも、ルームメイトのジェニー・ケントだと言っても問題ないと思ったの。ジェニー・ケントにも身内はいないから。これで話は全部よ」

「全部じゃないだろう。きみがイザベラの人生を乗っとったのは、彼女のほうがきみより裕福だったからだ」ダンテは容赦なく責めたてた。いちばんの動機は金だ。いつだってそうに決まっている。

「少しのあいだのつもりだったのよ。怪我が治ったら……」

「実にうまくだましたな。ついでにあと二カ月芝居を続けるくらいできるはずだ」

死の床にあるも同然の祖父の願いを裏切ることはできない。この女が誰だろうとかまうものか。祖父が亡くなるまで、優しい孫娘を演じて罪を償ってもらおう。

ジェニーは首を振った。つらそうな困惑した表情だ。「今夜ここを出て、ジェニー・ケントに戻るつもりだったの。ごめんなさい……」

ダンテのなかに非情な決意がわき、ジェニーの退路を断った。「祖父の希望を打ち砕くようなまねはさせない。きみは僕とイタリアに行くんだ。カプリ島の別荘で最後まで祖父のそばにいてもらう。イザベラとして……」

「そんな！　無理よ！」ジェニーはあわてて立ちあがり、必死に手を振りまわした。「だめよ！　私にはできないわ！」

ダンテは彼女の手をつかんだ。揺るぎない決意に燃えるダンテの瞳が、恐怖に凍りついたジェニーの瞳に焼きつく。「僕にはできる。きみにもしてもらう。言うとおりにしなければ、警察に身元詐称と詐欺罪で突きだすぞ。そうなったら、刑期は二カ月どころではすまないと覚悟するんだな！」

ショック、恐怖、絶望がジェニーの顔を次々とよぎった。

「さて、どっちがいいかな、ジェニー・ケント？」ダンテはあざけるように言った。「いやしい罪人として刑務所のなかで朽ちはてるか、孫娘としてちやほやされ、贅沢な暮らしを楽しむか」

5

ローマ
一週間後

ジェニーはダンテの豪華なアパートメント内の与えられた一室に立ち、鏡に映る自分の姿を見つめていた。これが私かしら。まったく別人のように変身させられている。ダンテが祖父に見せたいイザベラの姿に。お金をかければ信じられないことができる。信じがたく、魅力的で、また恐ろしくもあった。お金はなんでも可能にする。

イザベラの名前のパスポートを持ち、身につけるのは、シドニーとパリで買った高級ブランド品ばかり。顔は美容師の手によって見違えるようになり、ぼさぼさの髪は巧みなカットで無造作にカールするセクシーなスタイルになった。爪にマニキュアがほどこされ、新しい外見の総仕上げには、全身を飾るありとあらゆるアクセサリー、ベルト、バッグ、靴、そして宝石。

自家用ジェット機で地球を半周し、ジェニーは身のまわりの世話をしてくれる人にかしずかれた。贅沢《ぜいたく》な食事に、泊まるのはゴンドラ・ホテルの最上階のスイートルーム。そして、今しもダンテが迎えに来てヘリコプターでカプリ島へ向かうところだ。まるで別世界。あまりにも違いすぎて、まだ現実の気がしない。

鏡に映っているのは、ダンテの操り人形。彼の言いなりだ。着ているものでさえ……。最初の昼食会は堅苦しくないだろうから〈サス・アンド・バイド〉の服を着てくれ、というのがダンテの指示だった。〝デザインが斬新《ざんしん》で個性的だし、ルチアだって見たことがないはずだ。オーストラリアのファッションには関心がないから〟

ルチア……ダンテのもうひとりの従妹《いとこ》。

彼女について何か言うたびに、ダンテは皮肉っぽく口をゆがめる。あまり好意を持っていないらしい。ダンテは、自分の作りあげたイザベラをマルコの実の孫娘に勝たせたがっているようだ。ずいぶんひどいと思うけれど、ダンテがルチアに反感を持つのは何か理由があってのことかもしれない。自分はロッシーニ家に関して判断を下す立場にない。ダンテの命令に従うだけ。さもなければ……。刑務所に入れられることを考え、思わず身震いした。

きっと耐えられない。孤児院での厳しい折檻《せっかん》は今でも悪夢に出てくる。またあれと同じ冷酷な施設に閉じこめられたら……。少しでも規則を破ろうものなら、厳しいお仕置きが待っているのだ。自分を見失わずに生きのびるために、全力で闘わなければならなかった。もう一度あの精神が崩壊するような生活に耐えることを思えば、なんだってましだ。

これから二カ月間、ベラになりきって物事を考え、ベラが話してくれた彼女の人生にできるだけ忠実に行動しなければ。マルコ・ロッシーニが安らかに死を迎えられるなら、このお芝居もそれほどひどい話ではないのかもしれない。どんな結果になろうと、ダンテが決めたことだし、彼の家族のことなのだから、結果について責任をとるのはダンテだ。ジェニー自身、抜けだせないほどの深みにはまっているにしても。

もはや逃げ道はない。ジェニーは、とらわれの身になった気がして悔しく、失敗を思うと恐ろしかった。二度と自由をとり戻せなくなったら、もっと恐ろしい。二カ月……ほとんど何も知らない世界での二カ月。ダンテが変身させてくれたとはいえ、本当にこれでロッシーニ家の人たちの目をごまかすことができるのだろうか？

〈サス・アンド・バイド〉の服は布の使い方が独特で斬新だった。青いデニム地のベストには、小さなレースや装飾ボタン、リボンや刺繍《ししゅう》が大胆に使われている。白いTシャツの裾《すそ》はジグザグにカットされ、ベストとおそろいの青いローライズのジーンズにも縦に刺繍が入り、短いスリットに飾りボタンがついている。

小さな貝殻の飾りがついたひも状のサンダルを履き、同じく、ひもを編んだバッグを肩にかける。でも、流行のカジュアルなスタイルはここまで。明らかに、ダンテは本物の宝石以外のアクセサリーを蔑視《べっし》している。ジェニーは、青いデニムにサファイアを合わせた。サファイアとダイヤモンドのイヤリングを。金のチェーンの時計は、文字盤がサファイアで時を示す目盛りはダイヤモンド。要するに、ひと財産身につけているようなものだ。鏡に映る女性は、大金持ちの有名人を特集した雑誌から抜けだしてきたようだった。

「用意はいいかい？」

心臓が引きつった。ダンテは心臓にまで操り糸をつけたらしい。ジェニーは振り返り、全権を握る人形使いに向きあった。ダンテの後ろから入ってきた使用人が荷物を運びだすあいだに、彼の、そしてジェニーの主人が、ゆっくり近づいてきた。頭のてっぺんから爪先までジェニーの全身をじっくり観察している。彼に認めてほしくて、体じゅうの神経がぴりぴりする。

ジェニーは深呼吸し、背筋を伸ばした。「いつでもいいわよ」

ダンテはほほ笑んだ。どうやらジェニーの姿に満足したようだ。自分好みに仕立てた女性を称賛して、焦茶色の瞳があやしく光る。「きれいだ、イザベラ」

甘い声でささやかれ、ジェニーは彼の目に映る自分を意識して、全身が震えるようだった。

今まで、あまり外見を気にしたことはない。清潔できちんとしていれば、それでよかった。ほとんどの服はリサイクルショップで買ったものだ。生活必需品以外にお金を使うのは気が引けて、生活費としてとっておきたいと思っていたから。こんなふうに着飾って、こんな目で見つめられると、今まで経験したことのない気持ちにさせられ、どうにも落ち着かない。

「馬子にも衣装ね」ジェニーは冗談めかしてつぶやいた。

ダンテの身だしなみは、いつも一分のすきもない。今着ている白いスポーツシャツとジーンズも、間違いなくデザイナーズブランドだ。男性的で完璧《かんぺき》な肉体が引き立ち、一流の男性としての上質な性的魅力が漂っている。

「頭を下げるな」ダンテはジェニーの顎を持ちあげ、無理に自分の目を見つめさせた。「いつも頭を高く上げているんだ。イザベラ・ロッシーニとして胸を張れ。きみは誰にも頼らず、自分の力で生きてきた。誰にもへつらうことなく。祖父の招きで来たのだから、一族の大事な一員として迎えられる権利がある。家族からしいたげられてきたシンデレラとは違う。わかったね？」

これほどダンテに近づかれると、ジェニーは口をきくのも難しかった。「ええ」ようやく声を絞りだす。

ダンテの指が彼女の頬をなぞる。きつい目つきがやわらぎ、彼は諭すように言い聞かせた。「僕がずっとそばについているのは無理かもしれない。祖父が二人きりになりたいと言ったら……優しくしてやってくれ。安らぎを与えてやってほしい。孫娘に会えた喜びを味わってもらいたいんだ」

ダンテは彼女を落ち着かせようと頬を撫《な》でていたが、ジェニーは動揺を抑えられなかった。マルコ・ロッシーニと二人きりになるかもしれないなんて、どうしたらいいの。ダンテが糸を操ってくれなければ……もし何か失敗したら……イザベラにそぐわないまねをしたら……。

ダンテが眉根を寄せて見ている。

「頑張るわ」ジェニーは急いで請けあった。

「怖がる必要はないさ」眉根を寄せたまま、揺るぎない自信を植えつけるように、ダンテの黒い瞳が彼女の瞳をじっと見つめる。「僕がこの段どりをしたんだから、祖父がきみを試すことはない。年をとって、死を前にした今、孫娘と会えるのを楽しみにしているだけだ。きみはできるだけ優しく接してくれればいい」

彼が言うと、とても簡単そうに聞こえる。だとしても、人をだますのは心苦しい。ジェニーは深呼吸をして波立つ気持ちを静め、顎を上げてダンテの手を外した。しっかりしなければ。ここまでダンテに操られては、彼の助けなしにひとりでやれるか、自信がない。

「精いっぱい頑張るわ」彼女は本気で繰り返した。死を前にした老人を悲しませたくはない。

「それは、きみのためでもあるんだ」

「あなたにとっても、でしょう」彼の絶対的な支配力に対する恨みがましさが声ににじむ。

ジェニーの思わぬ反撃に、ダンテはつい笑みを浮かべた。「そうだ。僕らは共犯者ということになるかな。強い絆《きずな》が生まれてもおかしくない」

ジェニーの顎を離れたダンテの手が彼女の手を握った。指をからませ、強く握りしめる。焼き印を押すようにしっかりと二人を結びつけ、ジェニーを容赦なく彼に引きつける。彼の手の熱さが体じゅうに広がり、胸の鼓動を高鳴らせ、とほうもない欲望に火をつけた。ダンテ・ロッシーニと親密な関係になりたい。演技ではなく。

「さあ、時間だ」

ジェニーは部屋をあとにした。ふたたび命じられるままに。手を引かれながら、なすすべもなく気持ちが乱れ、彼に女性として愛されたいと願っている自分に気づいて愕然《がくぜん》とする。

こんな状況だから、混乱しておかしなことを考えてしまうのだ。この一週間、ほぼ片時も彼と離れることなく、その世界にいやおうなく引きずりこまれた。ふつうの感覚を持った女性なら、こんなにもハンサムで強い男性に惹《ひ》かれるのは当然だ。愚かしくもロマンチックな夢物語のなかで、シンデレラをプリンセスにしてくれる王子さまのような男性だもの。

でも、この王子さまは私に対する欲望で動いているわけではない。

それはわかっている。

自分の計画を遂行しようとしているだけ。それ以上でも以下でもない。

こんな気持ちになるのは、異常な状態に置かれて、陰謀の共犯者として親密感をおぼえるようになったからに違いない。一時的な感情にすぎないのだ。用がすめば、ここへ連れてこられたときと同じ速さでお払い箱にされるだろう。

彼への思いをつのらせるなんて愚かだ。ダンテ・ロッシーニはジェニー・ケントになんの関心もないのだから。この先もずっと。彼の望みは、しばらくのあいだ従妹を演じさせることだけ。その役目さえ務めれば、最後には自由の身になれる。それさえ考えていればいい。彼の魅力のとりこになったら、それこそ厄介だ。問題は、もう充分すぎるほど抱えている。

だから、そんなことになってはだめ。絶対に。

ヘリポートまで乗っていく車に向かいながら、ダンテはジェニーの背筋がぴんと伸びているのを感じた。頭を高く上げ、肩をそびやかして、毅然《きぜん》とした態度をとっている。彼に手をとられていることを無視するように。相手の弱みを握ったと思って、こんな態度をとっているのか。それとも、彼の言葉に奮起しただけなのか？

イザベラの身代わりを強要して以来、ジェニーはほとんどおとなしく従ってきた。唯一抵抗するのは、自分の身の上話をするときだ。あなたには関係ないわと、にべもない。彼女に望めるのは、イザベラの身代わりをすることだけだ。

奇妙にも、ジェニー・ケントへの興味は簡単に振り払えない。たぶん、ダンテの知っている女性たちは自分のことを熱心に話したがるからだろう。彼の関心を引きつけ、自分のことをわかってもらいたがる。もちろん、彼女たちは自分の意に反してダンテと一緒にいるわけではない。だがそれでも、一週間も贅沢な暮らしをし、磨きあげられるうちに、反抗心はうせ、彼の思いどおりに動くようになるだろうと思っていた。

ところが、この偽の従妹は違う。

こちらから話しかけなければ、口もきかない。ロッシーニ家についてダンテが教えたことは旺盛《おうせい》に吸収するが、自分については何も言おうとしない。ジェニー・ケントの素性を調査させる時間があればよかったのだが。

もうひとつの選択肢を恐れる彼女の気持ちに賭《か》けて、ダンテはこの役目をまかせた。彼女が役目を果たしてくれさえすれば、それでいい。だが、彼といっさい個人的かかわりを持とうとしない彼女の態度に興味をそそられる。

ジェニーの手を握っていることには奇妙な快感があった。無抵抗な彼女の態度を乱してみたい。しかし、ジェニーは触れられてもなんの反応も示さない。車に乗りこむ際、ダンテが彼女の手を放すまでじっとしていて、座席に座ると両手を膝の上で重ねた。心を許していないことをはっきり示すように。

へリポートに向かうあいだも、ジェニーはダンテのほうをちらりとも見なかった。窓の外を眺め、通りすぎる街の風景や騒音に心を奪われているようだ。かたくなに無視する彼女に、ダンテは挑戦されている気がした。

「ローマをどう思う？」ダンテは尋ねた。

「私の感想なんてどうでもいいでしょう」実にそっけない。顔もそむけたままだ。

「祖父がきくだろう。答えを練習しておいたほうがいい」

「それじゃ、練習したみたいに聞こえるでしょう。ありのままがいいわ」

「一週間も練習してきたじゃないか。なんで今さらやめるんだ？」

「もう時間切れだからよ。舞台に上がる寸前にこれ以上何か詰めこまれても、うまくできるか、よけい心配になるだけだわ」

一理あると納得し、ダンテは彼女へのいらだちをやりすごした。ジェニー・ケントが誰だろうと、決して愚かでないことは確かだ。生きていくためのすべに長《た》けているばかりか、すばらしい知性もそなえている。イザベラ・ロッシーニとして求められることをすべて教えこむという作業も、比較的楽だった。彼女のこれまでの人生経験は、ダンテとは相当な隔たりがあるが、これなら、あまり場違いに感じることなく一族に溶けこめるだろう。

実際、溶けこむどころか、光り輝くに違いない。磨けば光ると判断したのは間違っていなかった。祖父は美しい孫娘を誇りに思うはずだ。正直言って、ジェニーは美しい。かなり心をそそられるが、そんな目で見る余裕はない。祖父に見抜かれかねないから。ほんの少しでも油断したら……彼女によからぬ欲望を感じていると祖父に気づかれただけで、芝居が台なしになるかもしれない。

ヘリポートに着き、イザベラを駐機場に案内しながら、ダンテはお抱えパイロットの反応を観察した。パイロットのピエロが、ヘリコプターのドアのわきに立っていた。彼はダンテのお供の美人をこれまで何人も見ている。それでも、ジェニーを見る目の輝きは、〝わお！　いい女！〟と叫んでいた。

ピエロは、ジェニーがヘリコプターの座席に快適に座れるよう、かいがいしく世話を焼き、彼女から笑顔と優しい感謝の言葉を勝ちとった。この一週間、ダンテには決して向けられることがなかったものだ。焼きもちを焼くなんてばかげているが、しゃくにさわる！　比べものにならないほど、もっといろいろなことを彼女のためにしたのに、ジェニーときたら礼儀正しく接するそぶりも見せない。

彼女のためにしたのではない。〝彼女にした〟だけだ。ダンテは自分に言い聞かせた。しかし、ジェニーがよそよそしい態度を崩さないのが気に食わなかった。いつか崩してみせる。時間の問題だ。カプリ島にいるあいだ、一緒にいる時間をたっぷりとればいい。

別荘に着いたのは正午少し前だった。

当然のことながら、ルチアは歩道の木陰で待たず、わざわざヘリポートまで迎えに来ていた。一刻も早く、オーストラリア人の従妹をじかに品定めしたくてうずうずしているのだ。ダンテは、いつも重要な会議の前に彼を奮いたたせるアドレナリンが体内に噴出するのを感じた。

さあ、ゲームの始まりだ。〝イザベラ〟がうまくやり遂げられますように。

「従妹のルチアだ」ジェニーの腕をとり、ヘリコプターから降ろしながら、ダンテは耳打ちした。

ジェニーは内心、彼女がルチアだろうと思っていた。ダンテとパリで買い物をする時間があったおかげで、しゃれたフレンチスタイルはすぐに見分けられた。ルチア・ロッシーニは全身フレンチシックそのものだ。アシンメトリーにカットされたボブスタイルの黒髪。華奢《きゃしゃ》な体にぴったりした大胆な緋色《ひいろ》と白のドレス。繊細なストラップが足首に巻かれた上品な白いサンダル。金持ち特有の傲慢《ごうまん》な自信にあふれている。

ダンテの財力によって着飾っていなければ、今ごろ、ジェニーはこの女性の足元の泥のような気分になっていただろう。彼が選んだのはルチアのものとは違うが、充分個性的な存在感がある。ルチアが面白くなさそうな表情を浮かべるのを見て、ジェニーはいやな予感に襲われた。

「ルチア、わざわざイザベラを出迎えてくれるとは、お優しいことだ！」

ダンテの冷やかすような口調に、ジェニーはますます警戒心を強めた。

「あら、もちろん一度も会ったことのない従姉《いとこ》ですもの、気になるわ」言い返しながら、ルチアの黒い瞳にちらりと悪意がよぎった。

この二人のあいだに親愛の情のかけらもないのは明らかだ。

「あなたは一週間も彼女を独占していたんですもの、今度は私の番よ」ルチアはすばやく笑みを浮かべたが、目は笑っていない。「カプリ島へようこそ、イザベラ。すぐになじめるようにしてさしあげるわ」

ルチアは一歩前に出ると、ジェニーの肩に手をかけ、頬に軽くキスをした。ジェニーは思わずあとずさった。いきなり体に触れられるのに慣れていなかったし、なれなれしくされるのもいやだ。とくにこの従妹からは、少しも温かみが感じられない。

「ありがとう」ジェニーはつぶやいた。「ご親切にどうも」

「イザベラはオーストラリア人だから、ルチア」ダンテは冷ややかにたしなめた。「イタリア式の挨拶《あいさつ》に慣れていないんだ。握手のほうがふつうだよ」

「まあ、なんて堅苦しいこと！」ルチアは肩をすくめた。「オーストラリア人はもっと人なつっこいかと思ったわ」

暗に皮肉られて、ジェニーは頬を赤らめた。「ごめんなさい。まだとまどっているんだと思うわ。何もかもわからないことばかりで」

「そう、イタリアの流儀も覚えなくちゃね。わが一族の一員になりたいなら」

ひどく傲慢な言葉は、こんな立場に追いこまれたジェニーの悔しさを刺激した。「一員になりたいとはかぎらないけど」とっさに口をついた言葉だったが、彼女は後悔しなかった。それどころか、よほど想定外だったのだろう、ルチアが驚いて眉を上げるのを見て胸がすっとした。ルチアはロッシーニ家の一員であることを誇らしく思っているのだ。ジェニーにとってはどうでもよかった。「来たくて来たわけじゃないし」だめ押しのようにつけ加える。

ルチアは眉をつりあげ、ダンテを見た。瞳が意地悪く輝く。「こんなことは初めてじゃない？　あなたが女性に抵抗されるなんて。ひざまずかせて機嫌をとらせることができないなんてね。おじいさまは私をイザベラの迎えに行かせればよかったのよ。もっとうまくできたのに」

「おまえの得意なだまし討ちではうまくいかなかっただろうさ。でもどっちみち、うまくいかないほうがよかったんじゃないのか、ルチア？　イザベラの出現はあまりに予定外だっただろうから。文字どおり土壇場になって現れて」

「まあ！」ルチアは傷ついた表情を浮かべた。「なんてひどいことを言うの！　イザベラ、この人の言うことなんか聞いちゃだめよ」彼女を丸めこむようにほほ笑む。「自慢の魅力にけちをつけられて、仕返ししているだけなのよ。私は、あなたがおじいさまのために来てくれて本当にうれしいわ」手を振ってうながす。「さあ、もういい加減、なかに入りましょう。ここは暑くてたまらないわ」

ジェニーはヘリコプターにちらりと目をやった。こんなところに来なければよかったと思う。

「荷物はピエロが持ってくれる」ダンテがすかさず言い、ジェニーの手をとって、逃げられないぞとばかりに強く握りしめた。彼が許可するまでは。そのときはすぐには訪れないだろう。

その瞬間、ジェニーは恨めしく思った。選択肢も与えられず、無理やりこんな見知らぬ場所に連れてこられたことを。ルチアの態度から判断して、敵地も同然だ。

カプリ島はロマンチックな場所のはずだった。恋人たちの楽園。このエデンの園で、少なくとも一匹の蛇を見つけた。

あと何匹、蛇がいるの？

この島に投獄されたようなものだ。刑務所に入れられたのと変わりない。ほかの受刑者にうまく対処して生き残るしかない。ここの豪奢な暮らしが、その刑期をせめて楽にしてくれるはずだ。でも、こんなことわざがなかったかしら？　富は諸悪の根源だと。

ジェニーは平凡な暮らしに戻りたかった。

そして、無理やりここへ連れてきたダンテを恨んだ。

6

柱廊になっている通路は美しく、松と繁茂する色鮮やかなブーゲンビリアが日陰を作っている。ジェニーは、革サンダルを履いた古代ローマの皇帝が、臣下を引きつれてこの石畳をゆっくりと歩く姿を思い浮かべた。マルコ・ロッシーニも皇帝さながら一族に君臨しているのだろうか。自分を喜ばせる者、たとえばダンテのような人間に力を分け与えて。

「あなたのためにお客さま用の青の部屋を用意したの」ルチアが猫撫《な》で声で言った。「きっと気に入ってもらえると思うわ。眺めがいいし……」

「あそこはだめだ」ダンテが傲慢《ごうまん》な命令口調で割りこんだ。「イザベラは僕の部屋に隣接したスイートルームのほうが落ち着くだろう。困ったことがあれば、すぐに相談に来られる。今回の旅のあいだは、僕が彼女を守ると約束したんだから」

守ってくれる約束など初耳だったが、ジェニーはあえて反論しなかった。ルチアが何やら姑息《こそく》な手段に出ようとしているのなら、ダンテの保護は必要かもしれない。離れた客用の部屋に入れて人形使いから引き離すのは、何かよからぬ算段があるに違いない。私によそ者の感覚を与える目的もありそうだ。確かによそ者なのだが、建前上そうではない。

「だって、ここに来たらもう安全じゃないの。何かイザベラが困るようなことが起こるとでも？」ルチアが反論した。

「言ったとおりにするんだ、ルチア」ダンテは頑として譲らない。

「それはできないわ」ルチアはわざとらしくため息をつき、澄ました顔でダンテを見た。「アニヤ・マイケルソンがあなたの隣のスイートルームにもう入っているもの。前回泊まったとき、あなたが彼女にそう言ったんでしょう」

肩を握る手に力がこもるのを感じ、ジェニーはダンテを見た。彼の顔には不快感がむきだしになっている。

「アニヤが、呼ばれもしないのに来ているというのか？」冷たくなじるような口ぶりだ。

アニヤがダンテの目下の恋人だとしても、まずいことをしたようだ、とジェニーは思った。ダンテ・ロッシーニは自分の思いどおりに事を進めないと気がすまないたちだ。たとえ隣の部屋に魅力的な誘惑が待っていようと、その点は変わらない。

「あら、違うわ。私が招待したのよ」ルチアは自分の采配《さいはい》に得々としている。「ローマへ買い物に行ったとき、スペイン階段のところでばったり出会ったの。あなたが黙って急にいなくなったから、相当腹を立てていたわ。だから、おじいさまに言われてイザベラを迎えに行ったと説明したの。そのとき思いついたのよ。あなたもアニヤにいたわってもらったらいいんじゃないかって。何しろ骨の折れる旅だったでしょうから……」

「要するに、おまえは自分にまったく関係ないことに首を突っこんだわけだ」

ほかの人間ならダンテの口調に縮みあがるところだが、ルチアは彼を怒らせることを生きがいにしていると見えて、けろっとしている。

「つきあっている女性をもっと大事にするべきだわ、ダンテ」軽やかに言い返す。「アニヤとよりを戻したときに修羅場を演じなくてすむようにしてあげただけよ。今だったら、きっとうんと優しくしてくれるわ。あなたの旅の疲れを癒《いや》そうと、心待ちにしているはずよ」

ジェニーは二人の会話にひどい嫌悪感をおぼえた。列柱のあいだに置かれた鉢植えの花を眺めて、ダンテの性生活などまったく興味がないふりをする。こんなことに動揺してはだめ。私にはなんの関係もないのだから。全然、まったく。

もちろん恋人はいるに決まっている。ダンテ・ロッシーニのような男性にいないわけがないでしょう。それに、アニヤはきっと美人でセクシーに違いない。ルチアのお節介に腹は立てても、ダンテは恋人との手軽なお楽しみのほうを選ぶだろう。もうお膳立《ぜんだ》てはできているのだから。

「見当違いだったな、ルチア」ダンテが軽蔑《けいべつ》をあらわにした。「こういうときは、家族のことが優先される。僕がイザベラをおじいさんに紹介するあいだに、アニヤを部屋から出してておいてくれ」

ジェニーはほっとした。ダンテとの絆《きずな》は揺るぎがない。ほかの何より私が大事なのだ。いいえ、大事なのはこのお芝居よ。ジェニーは自分に言い聞かせた。この大事なときに、私をほったらかしにはできない。祖父に心の安らぎを与えるために。それが最優先というだけ。

「そんな不当なこと言わないでよ！　別にイザベラが困るわけじゃないでしょう……」

「話し合いの余地はない。アニヤを呼んだのはおまえだ。おまえに責任がある。彼女をどうしようとかまわないが、イザベラの部屋は僕の隣だ。それだけは間違えるな」ダンテは厳命した。

「アニヤが怒るわ！」

「彼女は僕が連絡するのを待つべきだったんだ。僕がそんな気になったとしたらの話だが」

「どうしてそんなに残酷なの！　アニヤはあなたを愛しているのよ」

「いつから愛の専門家になったんだ？」

「今年に入ってからあなたたち、熱々だったのに」

「僕と張りあおうなんて思うな、ルチア。おまえの負けだ。いつものことだが」

うんざりしたような口ぶりだった。ダンテにとって、この問題はもう決着がついたのだ。

ルチアがはらわたを煮えくり返らせているのがわかったが、ジェニーは同情する気になれなかった。人に意地悪をする者は、自分の仕掛けた罠《わな》にはまって苦しむのが当然の報いだ。

「その鼻持ちならない自尊心のせいで、いつか身を滅ぼすわよ、ダンテ」ルチアが憎々しげに警告する。

不安にかられ、ジェニーの背筋をかすかな震えが駆け抜けた。私を身代わりに仕立てたのも、失敗を受け入れられないダンテの自尊心なのだろう。もしもルチアがこの偽りに気づいたら……。

「そんな日が来るなんて、あまり期待しないほうがいいぞ、ルチア」

ダンテの悠然とした言い方に、ジェニーの不安も多少落ち着いたものの、完全には消えなかった。二カ月もこの〝従妹《いとこ》〟からのプレッシャーにさらされるのだ。

「とにかく、今アニヤにかまけている時間はないわ。おじいさまがテラスで待っているもの」

「おまえを待っているわけじゃない」ダンテが冷ややかに正した。

「おじいさまがイザベラに初めて対面するというのに、のけ者にされてたまるものですか。みんなそろうと思ってらっしゃるし」

「おまえはもうイザベラと対面をすませたと言っておくよ。おまえがいなくても別にかまわないさ。おじいさんも、まだ見ぬ孫娘に気持ちを集中させたいだろうから」

「おもてなししなければ失礼だわ」ルチアがなおも言いたてる。「どうしても一緒に来ると言い張るなら、おまえのもてなし方が相当失礼だったと伝えておこう。おじいさんが温かく迎えたいと思っている大事な家族より、自分の客を優先させたと」

「青の部屋にはなんの問題もないわ！　本当にすてきな部屋なのよ、イザベラ」

ジェニーは二人の言い争いに巻きこまれたくなかったが、直接話しかけられたら無視するわけにはいかなかった。柱廊を抜け、中央大広間に出ても、押し問答は続いた。大広間のまんなかにはみごとな睡蓮《すいれん》で覆われた池があった。ジェニーはしぶしぶ、花からルチアに視線を移した。

〝従妹〟の燃えるような黒い瞳が、味方してと訴えている。女同士、邪魔な男に対抗しましょう、と。一瞬ジェニーもその気にならないでもなかった。ダンテの圧倒的な力にちょっと揺さぶりをかけてみたい気もする。けれど、今の状況はひとりで切り抜けるにはあまりにも厄介だ。

「私のためにいろいろご面倒をおかけして、ごめんなさい、ルチア」高まる緊張を隠し、ジェニーは精いっぱい落ち着いた口調を装った。「何もかも新しいことだらけで、とても不安なのは確かなの」言いながら異国情緒あふれる周囲を示す。「一週間、何かにつけてダンテを頼ってきたものだから、彼がそばにいてくれたら私も安心だわ」

ジェニーの手をとっていたダンテの手に力がこもった。称賛を感じとって、彼女はまた気持ちが近づいた気がした。こんなふうに意識してはだめ。ダンテは私をつかまえ、自由を奪った。彼は守っているつもりでも、あの危険な魅力は私の心をかき乱している。隣の部屋に彼がいては、ここでの滞在が容易ではなくなる。かといって、彼から引き離されるのは考えただけで怖い。

「なかなかいい出だしじゃないか、ルチア。出会ってほんの十分で、二回もイザベラに謝らせてばつの悪い思いをさせるとは」

「そんなつもりじゃないわ」出し抜かれたことに憤慨し、ルチアは言い返した。

「それなら、すぐに間違いを直して思いやり深いところを証明するんだな」ダンテは大広間から続く広い廊下のひとつを手で示した。「マルコには僕から言っておく」

ルチアは歯を食いしばった。負けを認めざるをえない悔しさが全身からにじみ出ている。まただ。ダンテがルチアを逃げ場のないところまで追いつめた。そういうのがお得意なのね。ジェニーは皮肉な気持ちで思った。

ルチアはなんとか唇の端を上げ、ジェニーにほほ笑みらしきものを見せた。「本当にあなたに不愉快な思いをさせるつもりはなかったのよ、イザベラ。軽率なまねをして悪かったわ」

「私もわがままを言うつもりはないのよ」ジェニーも笑顔を返した。「たぶん、自分に家族がいると知らされたショックからまだ立ち直っていないんだわ。あなたにもショックだったと思うけど」

その言葉にルチアは飛びついた。「そうなの。どうすればいいかわからなくて。あなたが過ごしやすいように手配し直して、できるだけ早くテラスに行くわ」最後にもう一度ダンテをにらみつけると、ルチアはきびすを返し、ダンテが示した廊下のほうへさっさと歩いていった。

「よくやった」ダンテがささやいた。

温かい息が耳元をかすめ、ジェニーはあわてて身をかわした。

顔を上げ、親しげな振る舞いをいっさい寄せつけない目でダンテを見つめる。「こんなみっともない身内同士のいがみあいを見たら、ベラは一日で出ていったかも」小声で吐きだす。「私もそうしようかしら。そうすれば、ばれる可能性もなくなるし。あなたは私をここへ連れてきた。おじいさまがあなたに命じたのは、それだけでしょう」

「だめだ!」ダンテは憤然としてジェニーの抵抗を抑えつけた。「芝居のための金は払ったはずだ。ちゃんと演じてもらう」

「一日で充分よ」うろたえながらもジェニーは言い返した。

「祖父には充分じゃない」ダンテはジェニーの二の腕をつかみ、自分のほうを向かせた。黒い瞳が揺るぎない決意に燃えている。「祖父が生きているかぎり、ここにいて、なんでも祖父の望みをかなえてあげるんだ」

ジェニーは重圧を跳ね返そうとした。なんとか逃げ道を探さなければ。「気に入られなかったら、どうするの？」

「気に入るさ」

「どうして？　私のことを知らないのに」

「僕も知らないけど、きみが気に入ったよ、イザベラ」引きしまった顔のこわばりがとれ、ゆっくりとセクシーな笑みが浮かんだ。「今ではとても惹《ひ》かれている」

抵抗する力がゆるみ、ジェニーのなかで警鐘が鳴った。頭の隅で叫ぶ声がする。この人には恋人がいるのよ。彼の魅力に惑わされてはだめ。「あなたを引きつけるようなことは何もしていないわ」彼女はきっぱりとはねつけた。

ダンテが声をあげて笑い、すでに充分悩ましい彼の魅力をいちだんと輝かせた。無理に無視しようとすると頭がくらくらする。

「一緒にいるあいだ、きみは一度も、自分の運命に弱音を吐いたり泣きごとを言ったりしなかった」

「運命は自分の手で変えられないんだから、じたばたしても始まらないわ」

「そのとおり。女性がそんなに賢明な態度をとれるとは、驚きだ」

「あなたがあまり賢い女性と出会ってこなかっただけでしょう」

「それに、欲しいものを手に入れるために女性の武器を使うことも教わらなかったようだ」

いかにも。女性としての武器の使い方など知らないし、それが役立つ環境にいたこともない。どのみち、彼の性格を正しく読んでいたとしても、今回のことではなんの役にも立たなかっただろうが。

「あなたに効果があったかしら？」

「いや。だけど、たいていの女性は結局、それを利用する」

「時間とエネルギーの無駄づかいよ」

「まさしく。きみが現実的な女性でよかった。何かを成し遂げるための必須《ひっす》条件だ。実は、きみを気に入った理由はいろいろあるんだが、なかでもルチアのあしらい方はみごとだった」

「おっしゃるとおり、あなたはこの芝居にお金を払っているんだから、私は言われたとおりにしただけよ」

「しまいに多少自分で脚色までしてね」ダンテはまた笑みを浮かべ、感服したようにジェニーの頬に触れた。「祖父との面会もきっとうまくやってくれると信じているよ」

頬を軽く撫でられ、ジェニーの肌は燃えあがりそうだった。瞳は無頓着《むとんちゃく》に自分に触れるダンテへの憤りに燃えている。彼に触れられるたびに、逃れようのない絆が強まる気がして、ジェニーの心のなかでその危険度がどんどん増していく。

「さっさと始めましょう」ジェニーはぶっきらぼうに言った。

「もっとリラックスしたほうがいい」

「あなたが私に触れるのをやめたら、リラックスできるわ」

あからさまな答えにダンテは眉を上げた。うっかりもらした言葉に、ジェニーは内心毒づいた。手を放した彼が、別に悪気はないんだというように両手を上げ、いぶかしげにジェニーを見つめる。そのまなざしにジェニーはどぎまぎし、顔が熱くなるのを感じながら弁解した。

「確かに、ある意味、私はあなたに所有されているようなものだけど、あなたにも奪えない自由はあるんですからね」

彼はうなずいたが、探るような表情は消えず、ジェニーは内心身もだえする思いだった。これでは、どんなに無関心なふりをしても台なしだ。

「これも初めてだな」ダンテが面白がるようにつぶやく。「僕に触れられて文句を言う女性は今までいなかった」

「私はあなたの従妹なのよ。忘れないで」

「従兄妹《いとこ》同士だって惹かれあうことはあるさ」

「ルチアのような愛情表現なら、なくてけっこう。あなたの愛情もね」

ダンテは愉快そうに首をかしげた。「その鼻っ柱の強いところは祖父も気に入ると思う。もう会っても大丈夫だろう」

「私に選択肢があるのかしら?」

「いや」

「でしょうね」さりげなく手を動かし、できるだけリラックスしているふりをする。「さあ、案内して。覚悟はできたわ」

目の隅でダンテが笑っているのがわかった。両開きのガラスドアは、ついさっき渡ってきた海を望むテラスに向かって開かれていた。ふと古いことわざを思い出す。〝前には悪魔、後ろには青く深い海〟絶体絶命。今のジェニーの心境そのものだ。

ベラだったらどう思うか、考えなさい。ジェニーはすばやく頭を回転させた。祖父と初めて対面する。今まで自分の家族とかかわりも持とうとしなかった人だ。愛情をいだくことはできないだろう。好奇心はある。たぶん、恨む気持ちも。こんなにも年月がたってから呼びつけられたことに。父にとっても遅すぎた。父は、十代のころに犯した重大な過ちの許しを知らないまま死んでいった。

日光浴用の椅子から介護の女性の手を借りて立ちあがる老人の姿が見えた。ウエーブのかかった豊かな髪は痛々しいほど真っ白で、顔は骨ばかりのように見える。癌《がん》が内側から体をむしばんでいったのだろう。少しでも健康的に見せようとするためか、肌は日焼けしている。白いチュニックもズボンもゆったりしているが、ダンテと同じくらいたくましかったに違いない体の衰えは隠せていない。

彼は死と対峙《たいじ》している。たぶん相当な痛みにさいなまれながら。ジェニーはここに連れてこられたもろもろの事情をいっさい度外視しても、同情を禁じえなかった。マルコ・ロッシーニはかなりの苦痛に耐えてまっすぐに立とうとしている。孫娘に威厳をもって会おうとしているのだ。誇りは死なず。ベラも自尊心ゆえに神経を張りつめていたかもしれない。ロッシーニ家に迎え入れられることなく、見捨てられた者として。この家長に頭を下げる理由は何もないのだ。

頭を高く上げるんだ、とダンテは言っていた。

ジェニーは頭を上げた。

マルコ・ロッシーニの射るような黒い瞳をしっかりと見据える。

私はベラ。あなたは私の祖父だけど、私のことを何も知らない。今試されるのは私だけではない。あなたも試されるのよ。

7

二人は向かいあって立ち、お互いをじっと観察した。深まる沈黙にジェニーの神経は張りつめた。マルコ・ロッシーニは、心のなかに描く何かと比べるように、彼女の顔の特徴をひとつひとつ見定めている。老人の顔に失望が浮かぶのを見て、ジェニーは不安に胸を締めつけられた。しかたがない。私にロッシーニの遺伝子はないのだから。でも、がっかりしてもらったほうがいいかもしれない。勘当した息子に似ていない私なんか、ここに置きたがらないだろうから。

やがて、老人の口元がかすかにほころんだ。「来てくれてありがとう」感極まったのか、声がくぐもっている。

「遅すぎたことが残念です……父にとっては」ベラになりすまして言うのはつらかったが、自分がベラなら確かにそう思うだろう。

「私も同感だ。本当に残念だよ」マルコは悲しげに繰り返した。

たちまちジェニーはマルコの気持ちを思いやった。確かに悲しいことだ。彼が思っている以上に。本当は孫娘も亡くなっているのだから。ベラの悲惨な最期を思い、涙がこみあげてきた。マルコ・ロッシーニが両手をさしのべ、ジェニーの手を慰めるように優しくたたいた。

「両親を亡くしたおまえのほうが、もっと悲しみは深い。おまえのそばにいてやらなかったことを、なんとかして償いたいものだ」

　涙があふれ、ジェニーの頬を伝った。他人になりすますなんて本当に残酷なまねだ。ベラこそ、この場にいて、大切に思ってくれる祖父と対面しているべきだ。ジェニーは首を振り、唇を噛《か》みしめ、大きく息を吸った。「ごめんなさい」喉から声を絞りだす。「とり乱すつもりは……」

「いいんだよ、イザベラ」ダンテが優しくなだめ、長椅子の横の小さなテーブルからティッシュをとって、ジェニーの手に握らせた。「きみにとってこの対面が容易でないことは、おじいさんもわかってらっしゃる」

「さあ、こっちに来てお座り」マルコは、大きなパラソルの下のテーブルに招き寄せた。

「この娘《こ》に飲み物をついでやってくれ、ダンテ」

　マルコが付き添いの女性を下がらせると、ダンテは水差しからジュースをつぎ、氷を入れた。二人の男性がジェニーの両側に座る。彼女はなんとか落ち着きをとり戻そうとした。教えられてほどこした目の化粧が台なしになっていませんようにと願いながら、頬の涙を拭《ふ》き、張りつめた胸をゆるめるように何度か深呼吸をする。

「ルチアはどこだ？」ジェニーが落ち着くまで注意をそらそうとしたのか、マルコはダンテに尋ねた。

「イザベラの部屋を手配し直しています。客用の翼のいちばん遠い部屋を用意していたようですが、そこでないほうがいいと思いましたので」

「まったく！　いかにもやりそうなことだ！」沈んだ表情で老人は言った。「私が部屋を指示しておけばよかった」

「ルチアは唯一の孫娘だということに慣れきっているんです」ルチアはきみにつらく当たるかもしれないと暗にほのめかすように、ダンテはジェニーにうなずいた。

「気をつけることにしよう。だが、たいていは私の代わりにおまえに見張り役をしてもらわねばならん。いいな」図らずも老人の口から弱音がもれた。

「まかせてください」

「仕事は全部、一時保留にして、おまえにはここにいてもらいたい。そんなに長い話ではない」

「すでにそうしていますよ。僕もおじいさんのそばにいたいんです」

老人は弱々しくため息をついた。「最近はあまり力が入らんのでな。イザベラを連れてきてくれて、感謝しているよ、ダンテ。独りぼっちでほうっておいてはいけなかったのに」

「これからはずっとロッシーニ家が援助します」

ジェニーはその言葉を聞き逃せなかった。「私は大丈夫です。何も助けていただく必要はありませんから」きっぱりと言い、眉をひそめてダンテとマルコを見る。「援助していただくために来たんじゃありません。自分の面倒は自分で見ます」

マルコが不思議そうな顔をする。「では、なぜ来たんだ、イザベラ?」

「それは……」ダンテに無理やり連れてこられたから、とは言えない。「それは、父の生い立ちを知りたかったからです。父がどうして勘当されたか、ダンテから聞きました。でも、父もきっと苦しんだんじゃないでしょうか。実のお母さんを死なせたんですから。今思うと、父は自分自身を罰していた気がします。オーストラリアの奥地で過酷な生活を送ることで。とても孤独な生活です。でも、父は立派な人で、いい夫で、いい父親でした。どんな人間に成長したかご存じでしたら、きっと誇りに思われたでしょう」

こんな言葉がどこから出てくるのか不思議だった。ベラからクイーンズランドの西の外れにある農場で育ったという話を聞いたからか、アントニオ・ロッシーニが勘当された原因となった悲劇に対する自分なりの解釈か、あるいは、自分が解放されるために、ダンテの目的である祖父の苦痛の解消を助けようとしているのだろうか。

思いがこもった話を聞いて、マルコはじっと考えこんでいるようだ。目を閉じ、頬はこけ、肌は灰色がかって見える。

　ダンテは心配そうに祖父の腕に触れた。「イザベラは責めているんじゃありませんよ」

　重たげにまぶたがゆっくり上がった。「いや、私もまったく同じことを考えていたんだ。探偵社の報告書を読んでからずっと」マルコは深い悔恨に満ちた目をジェニーに向けた。「怒りと悲しみのうちに起こったことだった。私は妻を愛していた。そして、確かにおまえの言うとおりだ。アントニオも母親を心から愛していたんだ。おまえに母親の名前をつけるほど」

　その話は聞かされていなかったので、マルコの失望がよけいジェニーの胸にこたえた。

「私におばあさまの面影を探してらしたんですね」

「ああ。アントニオは母親似だった。もしかしたらと……」マルコはすまなそうに口をゆがめた。

「正式名はイザベラでも、ずっとベラと呼ばれていたんです」ジェニーは弁解がましく言った。マルコが愛して失った女性に結びつけられるのは、身がすくむ思いだ。なおさら自分がとんでもないぺてん師になった気がする。

「ベラ……」マルコはそっと繰り返した。「ぴったりの名前だ。おまえは美しい。おまえのお母さんもさぞ美人だったろう」

　お世辞を言われ、ジェニーは思わず赤くなった。この〝美しさ〟はダンテに作りあげられたものだ。「ええ、そう思います」当たりさわりのない返事をする。

「両親の写真があったら、見せてもらえないか?」

ジェニーは首を振った。当然あるべき家族の思い出の品がどうしてないのか、ベラから聞かされたとおりに答える。「私が十八歳で寄宿学校を卒業する年に、家が火事で焼けてしまったんです。両親は牛の競りに出かけていて留守でした。何も持ちだせなかったんです」

「せめておまえのために残っていれば」マルコは気の毒そうにつぶやいた。

「あなたのためにも」地球の反対側で生涯を送った息子の写真を見たかっただろう。そんな思いが胸をよぎった。

「そうだな。しかし、それも私が自分で招いたことだ。おまえは違う」

公正な言葉だ。ジェニーはマルコ・ロッシーニに好感をいだきはじめた。富と権力を利用して容赦なく人を罰する冷酷な暴君のようには思えない。むしろ、人生の黄昏《たそがれ》にあって、取り返しのつかない過ちを悔いているだけの老人に見える。

ちらりとダンテに目をやると、妙に称賛するような表情で見ていた。これまでのところ演技は期待以上だとでもいうように。ジェニーはほっとした。自分自身の気持ちと、ベラだったらこうするだろうという想像を駆使して演じたまでだ。

「ベネチアン・フォーラムに住んでいると聞いて、アントニオが自分の家系について話したに違いないと思ったんだが」マルコが続けた。「何も知らなかったそうだね」

「父から聞いたことはありません」

ベラがなぜベネチアン・フォーラムに住まいを定めたのか、ダンテに指摘されて以来、ジェニーも頭を悩ませていた。何かもっともらしい理由を考えなければ。

「名前がイタリア系だったので、父に由来を尋ねたところ、ベネチア地方の古い名前だと言われました。家族はそこに住んでいたけど、みんな亡くなってしまったので、自分はオーストラリアに移住したのだと。自分にとってベネチアはもう過去の場所でしかないから、おまえはオーストラリア人として生きればいいと言われました」ジェニーは誇らしげに顔を上げた。「私もそう思っています」

老人はうなずいた。「オーストラリアはいい国だ。ホテルやフォーラムの土地の買収でしばらくシドニーにいたことがあるが、実に美しい街だ」

「ええ、私も大好きです」ジェニーは声に力をこめた。マルコが何を与えてくれようと、今の暮らしを変えるつもりがないことをわかってほしい。ベラなら変えたかもしれないが、ジェニー・ケントには許されない。

「奥地の暮らしとはずいぶん違うだろう」

マルコは、その変化に対応できたのなら別の国にも移り住めると考えているのかもしれない。

「両親が亡くなったあと、農場を経営していく気にはなれませんでした。干ばつやら何やらで、抵当に入っていたし……」

「いろいろ大変だっただろうな」マルコは理解を示した。

「ええ」ベラの人生を再現することの難しさに、ため息がもれる。「全部片づいたときには、自分でも何をしたいのかわからなくて。それで、よく言われる自分探しの旅に出たんです。気に入った町にたどり着くまで旅してまわろうと。シドニーでベネチアン・フォーラムを見て、それで……」

「お父さんがベネチア出身だと思い出したんだな」マルコが言葉を引きとった。

「ここだという気がしたんです。ここが自分の居場所だと。絵に描《か》いたような風景も気に入ったし。カラフルなアパートメントとか、運河のまわりの市場とか。ずっと絵を描くのが好きだったので、絵の勉強をすることも考えましたが、新しい年度まで待たなければならなかったんです。それから、やはり美術の好きな女の子と親しくなって、同居することに決めました。彼女にも身寄りがなかったので、姉妹のように仲良くなったんです」

ジェニーは、これでなんとか納得してもらえることを祈った。

「でも、その友達も死んでしまって」彼女は言葉を切った。ベラの死を思い出すたびに押しつぶされそうになる悲しみに、声が沈む。

うつむいて目を閉じ、ふたたびこみあげてくる涙と闘った。ここにいるべきなのはベラだ。私ではない。ジェニー・ケントには、生きていようと死んでいようと気にかけてくれる人はいない。ベラはとても優しくしてくれた。快くなんでも分かちあってくれた。一緒にいると楽しかった。ベラにはもっと幸せな人生を送る権利があった。それに、もしかしたら、彼女はロッシーニ家との再会をひそかに夢見ていたかもしれない。

ジェニーはベラを思い、心のなかで泣いた……あなたの身代わりになるなんて無理よ。私はあなたじゃないんだから。それでも、マルコ・ロッシーニのためにベラの代わりを務めなければ。祖父のための演技が必要なくなるまで、ダンテは解放してくれないだろうから。

「もうおまえには私たちがついている、ベラ」マルコが静かに慰めた。

ジェニーは首を振り、寂しげな表情で自分が満足させなければならない老人を見つめた。

「これが現実だと思えないんです、ミスター・ロッシーニ。何もかも本当のこととは思えない。とてもかけ離れていて」それは事実だった。

「時間をかけるんだよ。友達が亡くなった事故のことは知っている。次々と不幸に見舞われたうえに、自分の怪我《けが》を治すにも半年かかった。そのために絵の勉強も延期になった。カプリ島に滞在する時間をいろんな意味で立ち直るための時間にするといい。お互いに知りあって……」

こんな嘘《うそ》を数カ月間も続けなければいけないかと思うと、またしても恐怖に襲われる。

しゃるし」ジェニーは思いきって口にした。それが耐えられないのだと理解してほしい。こんなことはできない、絶対に……。「でも、あなたもやがて神に召されようとしてらっ

「断ろうとしても、ダンテがどうしても許してくれなかったので、あなたに会いに来たんです。でも……」

たちまちダンテが鋭く息をのむのが聞こえ、張りつめた空気が伝わった。

あまりの恐怖に、ジェニーは彼の顔を見ることも言葉を続けることもできなかった。ダンテの祖父に、どうか助けてほしいと目で訴える。

マルコはダンテに向かって手で制した。「私をかばってくれる必要はない、ダンテ。死ぬことがわかっている人間に好意を持つつらさをベラに強いるのは、酷というものだ」

「あなたは彼女の祖父です」ダンテは語気を強めた。

不機嫌な声にジェニーは震えあがった。

「孫娘の人生にこれっぽっちもかかわろうとしなかった祖父だ。まったく何もしてやらなかった」マルコの口調は冷静だった。ジェニーのほうを向き、心から同情するように優しく言う。「ダンテはおまえをここに連れてくるために、さぞかし強引な手を使ったに違いない。父親の故郷を知りたいというおまえの情につけこんだんだろう」

ジェニーは顔を赤らめた。自分のついた嘘が恥ずかしくなる。

「アントニオは十八年間、私の息子だった」マルコは悲しげに追憶する表情になった。

「あいつは将来を約束された若者だった。私には、当時の話をおまえに聞かせることしかできない。もしもそうさせてくれるなら」

ジェニーの心は沈んだ。ベラはきっとそれを望んだだろう。父親を愛する娘なら誰でも。祖父の申し出を受け入れるよう、ダンテが強く念じているのがわかる。もし従わなければ刑務所行きだという脅しをちらつかせて。逃げ道はない。

「私にはもうほとんど時間がないんだ、ベラ」マルコがそっとつけ加えた。「心に重くのしかかった過ちを話すことで、残された時間を有意義に過ごす手助けをしてもらえないか？　私を、今なら開けられる思い出の詰まった宝箱と考えてもらってもかまわない。私が死んだら、二度と開けることはできないんだよ」

拒絶できないほど確かな説得力があった。「わかりました。私でお役に立てるなら」ジェニーは折れた。これもまた避けようのないことだ。「すみませんでした。あんなことを言うべきでは……ご本人に面と向かって言うなんて。ただ、どうしても考えずにはいられなくて……」

「死が次々に人生を引き裂くと？」

ジェニーは黙ってうなずいた。それ以上何か言っても、居心地の悪い思いをするだけだ。

「私にとっては違うんだよ、ベラ。旅の終わりが近づいているだけの話だ。ただ、おまえとのことがやり残したままでは気がかりでな」マルコは元気づけるようにほほ笑みかけた。

「一緒にやり遂げようじゃないか」

ジェニーはなんとか弱々しい笑みを返した。「それがあなたのためになりますように、ミスター・ロッシーニ」

「おまえのためにも」

それは絶対にありえない。

ジェニーはダンテに挑むようなまなざしを向けた。結果的にマルコは満足したのだから、自分の演技の出来に文句は言わせない。もっとも、神経をすり減らす面会に疲れはて、ダンテを気にしている余裕もなかった。

「大丈夫だよ、イザベラ。僕がついている」ダンテはジェニーの不安をやわらげようとした。

どんな問題の前にも彼が立ちはだかってくれるだろう。でも、それでジェニーが大丈夫ということにはならない。嘘をつくことでジェニーの心は破壊されていた。刑務所で刑期を務めるほうがつらいと思っていたなんて、皮肉な話だ。

間違った選択。

とんでもなく間違った選択。

ジェニー・ケントはほかのどんな場所よりも、ここで自分を見失いそうだった。

8

「危険な人生が好みなのか？」

ダンテの脅すような怒りに満ちた声が、ジェニーの頭を打ちすえた。テラスでの対面の緊張から、すでに頭はずきずきしていた。途中から加わったルチアが、昼食の前に休憩できるようにと部屋に案内してくれた。もちろん、ダンテはぴったりついてきて、部屋に入るやいなやルチアを追いたて、ドアを閉めた。祖父の前で勝手に踊りだした操り人形と差し向かいで話をするために。

ジェニーは歯を食いしばり、ダンテのほうを向いた。マルコ・ロッシーニとのあいだに築いた自分の立場を絶対に崩すつもりはない。自分で物事を決められる自立した存在であることを。とらわれの身かもしれないが、これ以上ダンテの好きなようにはさせない。にらみつけるダンテの目を反抗的な表情で見つめ返す。

「臨機応変に対応したのよ。そうしてほしかったんでしょう？」

「この状況から逃れるチャンスと見て、飛びついただけだ」ダンテはどなった。

「私は彼が求めていた人じゃないわ」ジェニーは激しく言い返した。「決してそうはなれない。あなたはこうなることを予測するべきだったのに。あなたがおじいさまをがっかりさせたのよ」

「いや。僕は祖父を失望させたことはない。祖父の望みのひとつはかなわなかった。きみは叔父のアントニオに似ていない。それはどうしようもないことだ。しかし、ほかの望みはかなえられるし、必ずそうするんだ」

「精いっぱい頑張ると言ったでしょう」

ダンテは、ベッドの足元に立つジェニーに近づき、威圧するように背筋を伸ばした。

「なんとか逃げようとしているだけだ。二度とするんじゃない。さもないと、必ずその償いをさせてやる」彼の目が鋭く光る。「いいか、必ず後悔するはめになるぞ」

彼の言うとおりに違いない。

私と同じく、彼もこの芝居に首までどっぷりつかっているのだ。失敗は許されない。

ダンテ・ロッシーニは決して失敗しない。

間近に立つダンテの発散するパワーがジェニーの体を震えさせた。まるで電流に打たれたように神経がぴりぴりし、急激に鼓動が速まり、筋肉を震えさせる。ジェニーはにらみ返した。どんな弱みも見せるものですか。唇を引き結び、生き残るための孤独な闘いに挑む。対するのが彼だろうと、ほかのどんな困難だろうと、負けはしない。

「ほかに言うことは？」ダンテが皮肉っぽく迫った。

ジェニーはなんとかこわばった喉を動かそうとしたが、口のなかは砂漠のように乾ききって何も言えず、ただ首を振る。どうせダンテは聞く耳を持たないのだから。

張りつめたダンテの表情がゆっくりとゆるみ、鋭い目の光もやわらいだ。口元はかすかにほころんでいる。

「きみはおおむねよくやってくれた。僕が指示したような優しい言葉ではなかったが、情のこもった涙はよかった。祖父も心を打たれていた。きみの自立心も気に入ったようだ」

激しく責められたかと思うと、急に褒められ、気持ちがどろどろになりそうだ。

「ただ、やりすぎはよくない。きみは自分の気持ちをはっきりさせた。これまで縁のなかった祖父に媚《こ》びへつらうつもりはないと。それはそれでいい。そういう姿勢は祖父も評価する。ただし、もう少し優しく接してほしい。礼儀もわきまえて」

ジェニーはうなずいた。

ダンテはため息をつき、閉口したように目をしばたたいた。「またたんまりを決めこむのか？」

思わずジェニーはダンテをにらみつけた。「人形みたいにおとなしくあなたの仰せに従っていたほうが身のためだもの」

「はっ！」ダンテが鼻で笑う。「おとなしいなんて言葉は、およそきみに似合わないね！

きみが自分のまわりに張りめぐらしている防御壁のなかに、弱さや優しさが隠されていると信じるほど、僕はまぬけじゃないさ。どれだけ白旗を振ってみせても、お見通しだ……」

ダンテがさらに体を寄せるので、ジェニーの緊張は最高潮に達した。ダンテの指が頬を押さえつけながら顎をつかむ。目がふたたび熱をおびて光ったが、今度は怒りに満ちて威嚇するような熱ではない。主導権を握ろうとする男の本能的な欲望に燃える目だ。ダンテに触れられている。荒々しく強い力で。ジェニーは激しく動揺した。

「その内側で反抗心が燃えさかっていることをね」ダンテは自信たっぷりに言葉を継いだ。「もしかしたら、それを静めるために、防御壁をいっきに壊して攻め入り、きみを誘惑して僕の味方につけるのが手っとり早いんじゃないかな」

ダンテの指がジェニーの髪にもぐりこんだ。もう片方の腕が体を引き寄せる。身をよじる暇も、声をあげる暇もなかった。ダンテの唇がジェニーの唇をふさぐ。唇を奪われ、たくましい体に力強く抱きしめられた衝撃で、ジェニーは抵抗する気力を失った。ダンテはジェニーの理性に襲いかかり、目もくらむような感覚のとりこにした。

味わったことのないキス。彼のような男性に抱きしめられたことも、これほど激しい興奮をおぼえたこともない。ダンテの唇がジェニーの唇をむさぼり、舌が口のなかを這《は》う。強烈な快感に、ジェニーも存分に応《こた》える。ダンテの読みは正しかった。彼女の性格のどこにも従順さなどない。突如として本能が目覚め、反撃を命じる。同じことを仕返すのだと。

長いあいだジェニーの人生を支配してきた自制心が、荒れ狂う情熱に姿を変えた。ジェニーはダンテの頭に腕をまわして豊かな髪に指をもぐりこませ、力まかせに抱き寄せた。下半身をダンテに押しつけ、胸を触れあわせる。もう止まらない。何もかも、自分の力を誇示したいという衝動に突き動かされている。彼の好きにはさせない。自分が感じているように彼を感じさせたい。

背中にまわされたダンテの手がすべりおりてヒップのふくらみをつかみ、ジェニーがもたらした下腹部の高まりにぴったりと押しつけた。彼女は、意識の一部で危険を感じながらも、残りの部分で、手に負えない抑制力から彼を引きずりだした自分の力に歓喜していた。

ダンテは慣れ親しんだ世界から私を無理やり連れてきた。その仕返しをする番だ。彼の操り人形になってはだめ。絶え間ない快感の波で、この人でなしを、自分を陥れたのと同じ深い海の底に引きずりこんでみせる。乱れる思いに溺《おぼ》れ、ジェニーは彼に抱きあげられたことにも気づかなかった。ダンテは彼女の唇をとらえたまま、むさぼりつづける。彼女をベッドに仰向けに倒したところで、ようやく唇を離した。

ジェニーははっと目を開けた。ダンテが膝をついて覆いかぶさっている。呼吸を乱し、とまどった表情を浮かべて。

あざけるような言葉が口から転がり出た。「思惑と違ったかしら、ダンテ？」

彼女の心をこなごなに砕き、自分にかしずかせたいという欲望で、ダンテの目はぎらついている。冗談じゃないわ。ジェニーは彼の目を見返した。競うような視線の応酬にうずうずする。

緊張していた二人は、ドアをノックする音にどちらも驚いた。ダンテは小さく悪態をつき、ベッドから下りて、ジェニーを引っ張りあげた。「続きはあとだ」邪険に言い、ドアに向かう。

ジェニーは脚が震えて歩けなかった。混乱した頭に酸素を送りこもうと大きく息を吸い、ベッドに座り直して、さっき倒れこんだ際にできた上掛けのしわを少しでも隠そうとした。ダンテ・ロッシーニと危うく陥りかけた行為の恐ろしさに、心臓が早鐘を打つ。自分がわれを忘れて恍惚《こうこつ》としていたことにも恐怖をおぼえる。

私たちは従兄妹《いとこ》同士のはず。ジェニーはふつふつとわいてくるヒステリックな笑いを噛《か》み殺した。この芝居がばれるとしたら、ダンテの責任だ。彼が誘ったのだから。無理やり私のせいにされたら、たまらない！

またドアにノックがあった。

ダンテがドアを開ける。「アニヤ？」冷たい口調が、部屋にあふれていた熱気を即座に消し去った。

アニヤ……ふだんはダンテがいつでも愛しあえるように、この部屋に泊める人。その女性が彼の旅の疲れを癒《いや》そうとやってきたのだ。

ヒステリックな笑いがふたたびこみあげてきたが、ジェニーはそれをこらえた。品格ある態度を失うことは自尊心が許さない。ダンテはどんな芝居を打つだろう。〝従妹《いとこ》〟に手を出したあと、恋人をどうごまかすのか。おそろしく切り替えが早かったりするのかしら。

ダンテがどんな女性に惹《ひ》かれるかも関心があった。見た目は彼につりあう美貌《びぼう》の持ち主だろう。嫉妬《しっと》を感じないようジェニーは自分に言い聞かせた。ここは私の住む世界ではない。現実を忘れてはだめ。

「ごめんなさいね、ダンテ」蜜《みつ》のようにとろける声でアニヤが弁解した。「バスルームに洗面道具を忘れてしまって。それをとりに来たの」

ダンテが何か言う間もなく、アニヤは彼のわきをすり抜けていた。この部屋を追いだされる原因になった従妹とやらの顔をひと目見ようと思ったに違いない。

アニヤ・マイケルソンは声だけでなく、全身くまなく魅力的だった。さぞかし男性が群がることだろう。つややかに輝くみごとなブロンド。黄色いミニドレスにおさまりきらない豊満で魅惑的な体つきだ。形のいい長い脚は、たった今アロマオイルをすりこまれたように輝いている。ジェニーに向けた顔は息をのむほど美しい。なめらかな肌、真っ青な瞳、とびきりセクシーにすぼめられたふっくらした唇。

「急にお邪魔してごめんなさい」アニヤはジェニーに向かって言い、青い瞳で全身をまじまじと眺めまわした。ダンテが面倒を見ているという女性にどれくらい魅力があるか、品定めしているのだ。「すぐにすむわ」

言いおわらないうちに、アニヤはバスルームにつながるドアに向かっていた。

「イザベラに挨拶《あいさつ》しないか、アニヤ」

ダンテがぴしゃりと命じると、アニヤは足を止めた。

「あら！　失礼するつもりはなかったのよ」彼女はジェニーに完璧《かんぺき》な歯並びを見せた。

「よろしく、イザベラ。カプリ島は気に入った？」

「それほどでも」人を見下した口ぶりに反発し、ジェニーは顎を上げた。

「そうね、まだ着いたばかりですもの。だんだんよさがわかってくるわ。失礼して忘れ物を片づけてくるわね。昼食のときにあらためてお目にかかりましょう」アニヤはダンテになだめるような笑みを向けた。「許して、あなた《カーロ》。メイドが不注意で見落としてしまったのよ」

「今度は忘れ物をしないようにしてくれ。また戻ってこないように」ダンテが苦々しく言う。

アニヤは指先にキスをしてダンテに投げ、気どった歩き方でバスルームに向かった。ほんの少しドアを開けている。二人の会話を盗み聞きしようという魂胆だ。

そうはいかないわ。ジェニーはダンテと話をするどころか、彼のほうを見ようとさえしなかった。脚のふらつきはほとんどなくなっていたので、彼がいるのとは反対側のガラスドアに近づいた。外にまた柱廊の通路があった。崖《がけ》に沿って立つ石壁の向こうは海だ。外を眺めているふりをしながら、自分の心の奥に厳しく向きあう。

ダンテに火をつけられた欲望がうずき、体が生き生きしているのを感じる。心のどこかで彼とこの先の快感を追いつづけたいと願っている。でも、そんなことをして自尊心はないの？　バスルームにいるブロンドの美女はダンテの生きる世界を象徴している。ありあまる財産を持った美しい人たち。あの美女を口説き落とすために、ダンテは評判の魅力を惜しみなくそそぐに違いない。

ジェニー・ケントには向けられることのない魅力を。彼女を操るために、彼は意図的に性的魅力を発揮しているだけ。今までそんなふうに女性を操ってきたとしても不思議はない。そういう不実なゲームのとりこになって平気なの？

まさか。それほど愚かなことはない。

これ以上ダンテに深入りするのは、すでに充分危機的な状況を泥沼化させるだけだ。もっと冷静になって自由の身になることに集中しなければ。

「あったわ」まるで世紀の発見でもしたかのように、アニヤが晴れやかに言った。

重苦しい沈黙のなか、場違いな響きだった。

ジェニーは声のほうを向いたが、アニヤはちらりとも見ようとしない。彼女の目はダンテにそそがれている。

「それならもう、ここにぐずぐずしている必要はないだろう」ダンテの瞳がじれったそうに光った。

アニヤは思わせぶりに近づき、彼の端整な顔を斜めに見上げて、魅力的な唇をとがらせた。「ごめんなさいって言ったじゃない」

「好奇心が命取りになることもある、アニヤ」冷ややかな声だ。

「私はただ……」

「用事はすんだだろう。行くんだ！」

ダンテの表情は、反論の余地などないと言っている。アニヤが出ていき、ダンテがドアを閉めた。ジェニーは、アニヤに中断されたシーンの再開は絶対に拒否しようと決めていた。

振り返ったダンテは、ジェニーのこわばった姿勢から、また固い防御壁が張りめぐらされたことを悟り、やれやれというように口をゆがめた。

「彼女を追いかけていったら？　ここは自分でできるわ。どうやらあなたは欲求不満のようだし、彼女なら喜んで慰めてくれるわよ」

「ああ。でも、彼女の奉仕はありがた迷惑だ」

冷たく不快そうだったダンテの口調が甘いささやき声に変わり、ジェニーの心臓が飛びはねた。彼が近づいてくるにつれ、胸の鼓動がさらに速まる。ダンテは、二人のあいだに起こったことをジェニーがやみくもに否定しようとしていることを面白がっているのだ。

「私にはあなたの奉仕は必要ないわ。そのカサノバみたいな性格は、私には全然魅力がないもの」

皮肉たっぷりに言っても彼はひるまない。肩をすくめて近づいてくる。

「別にカサノバみたいな女遊びは流儀じゃない。アニヤとは、きみを迎えに行く前にもう別れようと決めていたんだ」

「彼女はそう思わなかったから来たんでしょう」

「アニヤは自分に都合のいいことしか聞こうとしない。ほかの男を探せと言われて、僕をつかまえておくためにもう少し頑張ったほうがいいかもしれないと思ったんだろう。ルチアに招待されたのは渡りに船だったのさ」

「それなら頑張ってもらえばいいでしょう」私にちょっかいを出さないでくれるなら、なんだってかまわない！

ダンテは首を振った。「もう彼女は必要ない」

彼の瞳は、今はジェニーが欲望の対象だとはっきり語っている。彼女は、自分を求めてほしいという願望と、彼は自分を味方につけるために体の交わりを利用しているにすぎないという事実のあいだで思い乱れていた。彼の望みは私を完全に征服することで、愛情のこもった関係ではない。彼には私を愛する理由などない。この先も。

「そんな目で私を見ないで！　たった今、あなたが魅力を感じるタイプの女性を見たのよ。私は違うわ。私をだませると思うのなら、考え直して！」

言われたとおり、ダンテは考え直してみた。ジェニーの反感は、力ずくで事を進めてもさらに強くなるだけだろう。今は言葉で説得したほうがよさそうだ。それに、彼女が欲しいのは本当だ。まだ体じゅうにみなぎっている欲望は、久しく感じたことがなかったほど強い。ジェニーが内に秘めた情熱は、アニヤの手練手管など比べものにならない。

まずはアニヤを別荘から、いや、カプリ島から追いだそう。争いの種を始末してからでなければ、次の誘惑を試みることはできない。それも慎重に運ぶ必要がある。邪魔が入ったせいで、ジェニーの抵抗は増幅されたようだ。

「それと、ひとつはっきりさせておくけど」怒りに燃えるジェニーが噛みつくように言った。「あなたのおじいさまに呼ばれたときは、いつでもイザベラになるけど、ルチアやアニヤは願いさげよ。おじいさまがいないときに、あの人たちの相手をするのはごめんだわ」

「アニヤは昼食の前にいなくなる」

「けっこうだこと！　それなら、あなたは本当の従妹と二人でランチをとればいいわ。私は頭痛がすると言ってちょうだい。まだ時差ぼけがひどいって。なんでもいいから、これ以上ストレスがかからないよう適当に言い訳しておいて。今日の午後はずっとこの部屋で休ませてもらうわ。ひとりでね。さもないと、今夜、食事の席でおじいさまにどんな態度をとるか保証できないわよ」すさまじく反抗的な態度で言いきった。

「そいつはいいね」ダンテがあっさり賛成したので、戦闘態勢だったジェニーは拍子抜けした。「メイドに軽い食事を持ってこさせよう。頭痛薬もいる？」

ジェニーは額に手を当てた。「ええ、そうね。ありがとう」彼の反応にほっとして、みるみる体の力が抜ける。

「ルチアは厄介な娘だが、完全に避けて通るわけにはいかない。できるだけきみたちが一緒にならないよう努力する。それでいいかい？」

ジェニーはうなずいた。もう言い返す気力もないほど疲れきっていた。

「ゆっくり休むといい」

芝居はなんとしても続けなければならない。部屋を出ながらダンテは自分を戒めた。〝従妹〟に性的な関係を求めたのは無謀だったかもしれない。正直に言えば、あの行動を単に彼女を引き入れるための手段として片づけることはできない。ジェニーのすべてが知りたい。

抵抗されて闘争本能に火がついた。彼女の鎧《よろい》をはぎとり、何もかも僕に許すほど彼女を打ち負かしたい。だが、もっと用心しなければ。誤解を招くようなまねはするべきでない。こんなときは自制心が重要だ。さっきは危うく失いかけたが。

ダンテは口元をゆるめた。

失ってもかまいはしない。閉まったドアの内側でなら。

9

ダンテは考えを変える気になったかしら。

ジェニーは閉じたドアを見つめた。これ以上体で支配しようとするのは得策ではないと彼が判断したのか、あるいは一時的な猶予なのか、どちらとも判断がつかない。頭痛は嘘《うそ》ではなかった。極度の緊張に、神経がすり減っている。ダンテの真意はわからないが、とにかくしばらくのあいだひとりにしてくれたことに感謝する。正体がばれないよう、つねに言動に神経をつかう状況から解放されたのはありがたい。

ジェニーは、ひとりきりになれる避難所であるはずの部屋をゆっくり眺めまわした。布類はほとんど薄いピンクとクリーム色で、アクセントに淡いライムグリーンが使われている。家具は白。外の眺望を楽しめる場所に、果物の皿をのせたコーヒーテーブルと肘掛け椅子が二つ置かれ、ライティングデスクの上には美しいパステルカラーのカーネーションが飾られている。ベッドから見やすいように置かれた大きなテレビ。そのベッドもキングサイズだ。

広い部屋はベッドに占領されている感じはなかったが、ジェニーの心は憂鬱《ゆううつ》な想像とともにそのベッドが大きく占めていた。明らかに二人用のベッド、愛しあうためのベッドだ。アニヤがダンテと横たわり、官能的なゲームを繰り広げ、彼をとりこにしたベッド。彼女はどんな手を使って、別れようという彼を思いとどまらせるのだろう。彼に未練たっぷりなのは間違いない。

ダンテは考え直すだろうか。アニヤとよりを戻せば、従妹《いとこ》に性的な関心を持っているとは思われない。目的達成のためならなんでもする人だ。ジェニーはダンテに対する自分のもろさを嫌悪した。なんとか彼の前で冷静な態度を保ち、彼にそれを乱す力があると悟られてはならない。すさまじい情熱にわれを忘れたあとでは、どうしたら冷静でいられるかわからないけれど。

わが身のあさましさにため息をつき、ジェニーは重い体を引きずるようにして共有のバスルームに続くドアに向かった。ドアの向こうは短い通路で、通路をはさんでバスルームとドレッシングルームに分かれている。突き当たりにもうひとつのドア。それがダンテの部屋につながっていることを思い出し、ジェニーはぎくっとした。ダンテは彼女の部屋に直接入ることができる。その気になれば夜間、誰にも気づかれずに入ってこられる。

ジェニーは急いでドアノブをまわした。動かない。ロックされている。鍵《かぎ》はどこにあるの？　ダンテの側から鍵をあけられるのだろうか？　ジェニーはうろたえそうになる自分を懸命に落ち着かせた。今はどうしようもない。メイドが来たら、鍵のことをきいて、完全にプライバシーを守りたいと念を押さなければ。

頭がずきずきする。化粧を落として横になりたい。脚もがくがくする。ジェニーは無理してバスルームに向かった。大理石のキャビネットの上に洗面用具が並べられている。ドレッシングルームのほうを振り返ると、ほかの荷物も全部出され、衣類はハンガーにかけられるか、棚の上にたたまれていた。靴も一足ずつ靴棚の上にそろえられている。

これが金持ちの生活なのだ。ジェニーはかすかにばかにした気持ちになった。なんでも人にさせて、欲しいものはすべて手に入る。〝孫娘〟でさえも。これから二カ月、どう過ごせばいいのだろう。マルコの体調がいいときに話し相手をする以外には、何もすることがない。毎日この部屋にこもってばかりいるのも不自然だし、ダンテがそれを許すとも思えない。少なくとも今日の午後はひとりにしてくれたとはいえ。

ジェニーは午後の大半を眠りつづけた。目が覚めたときは五時近かった。幸い、頭痛は治ったようだ。ドアの下から一枚の紙がさしこまれている。彼女はおそるおそる拾いあげた。

何か必要なときは内線でキッチンに頼むこと。

夕食は八時。

七時までに支度を。

〈リサ・ホー〉のドレスを着るように。

名前はないけれど、ダンテ以外にありえない。また操り人形の始まりだ。

二時の昼食を抜いたうえに、夕食までまだ三時間もある。次の芝居の前にエネルギーを補給しなければ。果物の盛り合わせより、一杯のコーヒーのほうが魅力的だ。いいえ、一杯といわずポットごと。ジェニーはキッチンに電話をかけ、コーヒーとブルスケッタを頼んだ。ロッシーニ家の人たちと渡りあうためには、エネルギーとすばやい頭の回転が求められる。ダンテの危険な魅力に立ち向かうなら、なおさらだ。

ジェニーは、次に何が起こるか思いわずらうのはやめようとしたが、夕食の時間が近づくと完全に不安を抑えるのは無理だった。軽食をとり、シャワーを浴びて、着替えもすませる。薄いフリルのたっぷりついた、〈リサ・ホー〉のとびきり女らしいドレスだ。その緑と金色の組み合わせに映えるよう化粧をし、金のアクセサリーを身につけ、髪をふわりと整える。ジェニーは出来栄えに満足し、夕食までの二十分間、部屋のなかをうろうろした。自分にはどうにもできないことで頭を悩ませる以外に、することがない。

それより、新鮮な空気でも吸おう。ジェニーはガラスドアを抜けて柱廊を横切り、石壁に寄りかかった。潮風を吸いこみ、日が沈むにつれて変化していく海と空の色を見つめる。

だが、心の平静をとり戻す作業は長く続かなかった。ようやくリラックスするかしないうちに、後方でダンテの声がし、たちまち体に緊張が走った。

「飛びおりようなんて思ってないだろうね」

ちゃかすような声がゆっくり背筋を這《は》いおりていく。胸の鼓動がジルバを踊るように乱れ打つ。ジェニーは歯を食いしばり、とり乱さないよう自分に言い聞かせた。彼の存在なんか気にしていないというふうに澄ましていなければ。

「まだ人生に絶望したわけじゃないわ」ジェニーは振り返った。ダンテが彼女の部屋から出てくるのを見てすぐさま、彼がとり計らった部屋の配置が思い浮かぶ。「部屋のあいだのドアを通ってきたの？」

ダンテは無頓着《むとんちゃく》に肩をすくめた。「ノックしたんだけど、返事がなかったから、様子を見たほうがいいと思ったんだ」

もっともらしい返事だが、ジェニーは気安く立ち入られるのはお断りというように彼をにらんだ。鍵の件はほうっておくことに決めていた。どうせ彼は鍵を持っているか、持っていないにしても、いつでも手に入れることができるのだから。鍵のことで騒ぎたてたら、ダンテを信頼していないと疑われてしまう。従兄妹《いとこ》同士のあいだにそんなことがあってはならない。

「好きなときに私の部屋に出入りできるなんて思わないで、ダンテ」そっけなく言う。

石壁に近づいていきながら、ダンテは唇をゆがめてにやりとした。ジェニーの身支度を点検するように上から下まで眺めまわす。「体調がよくなったようだね。頭痛は治まった？」

「ええ、おかげさまで」

ダンテがそばまで来ると、ジェニーは景色に視線を戻した。あまりにも接近されて落ち着かない。彼は白いスーツに胸元の開いた黒いシャツを着ている。その日の覚めるような組み合わせからは、猛烈なセックスアピールが感じられる。ジェニーは息もできないほどダンテの存在を意識していた。何げない声を出すには、意志の力を総動員しなければならなかった。

「今夜の食事には誰がみえるの？」気になるのはアニヤがいるかどうかだ。いなくなってほしいという気持ちと、ダンテの欲望を自分からそらすためにいてもらったほうがいいという気持ちのあいだで、ジェニーは揺れていた。

「祖父と三人の孫だけだ。祖父も午後いっぱい休息をとって、今夜の食事を楽しみにしている。僕もなごやかな時間が過ごせると思っているよ」

最後の言葉にかすかに力がこめられていた。マルコの前で自分の言ったとおりに振る舞うようにという警告だ。

「アニヤはあなたを怒らせたから痛い代償を払うことになったの？」

「いや、アニヤは賞味期限の切れた関係を引きのばしたかったんだろう。続けるつもりがないことをはっきり言ってやったら、昼過ぎにさっさとローマに帰っていった。今度は洗面道具を忘れずに」

いなくなった……。

ジェニーはほっとしたのかがっかりしたのか、自分でもわからなかった。敵対する可能性を持ったひとりが排除され、人間関係の点では状況がよくなった。その一方、アニヤがいなくなったらダンテの誘惑から守ってくれる防波堤がなくなる。

ジェニーは険しい視線を向けた。「あなたはいつも自分の世界を思いどおりに動かしてきたの？」

ダンテは顔をしかめた。「それができるなら、父も母もまだ生きていて、祖父は癌《がん》で死にかけてなんかいないはずだ」

「家族ね」ジェニーはつぶやいた。彼に選びようのない唯一のもの。

「両親は僕が六歳のときに死んだ。それで祖父が引きとってくれて、以来、どんなときも僕を支えてくれた。すべてを与えてくれた祖父のために、なんとしてでもきみを連れてきたかったんだ。孫娘も死んだとはとても言えなかった。死を目前にしている、こんなときに」

わかってほしいと言っているの？　協力させるためのまた別な作戦？　冷酷な脅迫、性的な関係、泣き落とし……使えるものはなんでも使うわけね。

でも、ひょっとしたら、彼をここまで動かしているのは単なる自尊心ではないのかもしれない。もしかしたら、幼いころから大切に育ててくれた祖父を失いかけている悲しみのあまり、理性をなくしている可能性もある。

ベラの名を騙《かた》るべきではなかったのだ。そうすれば、こんなことにはならなかった。でもそれは、友人を失った悲しみと自分自身の絶望的な状況のなかで混乱のうちに決めたこと。その結果、ダンテ・ロッシーニと出会い、ここへ来て決断のつけを払うはめになると、あの時点で誰に想像できただろう。それでも、責任を負うべきは私なのかもしれない。マルコの雇った調査員はイザベラが生きていると思いこんだのだから。私のせいで。マルコがベラに求めているものを与えてあげられるよう努力するわ、ダンテ。これ以上……強制しなくても大丈夫よ」

ジェニーは後悔のため息をついた。「こんなことになって、ごめんなさい。

恥ずかしさで顔が熱くなる。私は彼のキスを拒まなかった。決して消極的な反応ではなかったことが恥ずかしい。ダンテはあのときの激しい情熱を決して忘れないだろう。考えただけで身もだえしそうになる。なんとか言い逃れできないだろうか。怒って衝動的にしたことで、彼に魅せられたからではないと。こうしているあいだも彼に引きつけられずにはいられないけれど。たとえ理性が、どんなに危険で愚かなまねであるかと必死に訴えていても。

ジェニーは沖合に目をやった。ダンテが横顔をじっと見つめているのをひしひしと感じる。信じたかしら？　ベラを演じつづけるという言葉を。ダンテの探るような視線にさらされて、まだ頬がほてっている。彼がそばにいると緊張して、頭もまともに働かない。

「きみのご両親はどんな人だった？」

穏やかに問いかける声が、乱れた心のなかを冷たい水のように洗い流していった。安堵《あんど》のあまり、身の上話をするのを拒むことも忘れてしまった。事実を言っても問題なさそうだ。沈黙を長引かせて不安がつのるより、よほど楽かもしれない。

「知らないわ。知っている人は誰もいないの。赤ん坊のときに捨てられたから。生後数時間で発見されたんですって。母親に名乗り出るよう呼びかけたのに、現れなかったみたい」

「たぶん学生だったんじゃないかな」ダンテは考えこんだ。「理由はともかく、妊娠して子供を産んだ事実を隠さなければならなかったに違いない」

同情的な推測に驚き、ジェニーはダンテをまじまじと見た。「どうしてそんなことを言うの？　ただ私が邪魔で、役所に頼んで養子に出すことさえ面倒に思うような人だったかもしれないでしょう」

「大事に思わなかったら、中絶していたさ。きみのお母さんはきっとまだ若くて、誤って妊娠したことが公になったら失うものがあまりにも大きかったんだろう。でも、きみの命を葬ることはとうていできなかったんだ」

自分も知らない母親なのに、なぜそこまで人物像を描けるのかと、ジェニーはいぶかった。赤ん坊だった彼女を捨て、寄る辺ない身の上にした母を、ジェニーは恨みつづけていた。

「あなたがなぜ母のことをそんなに一生懸命かばうのか、わからないわ。母がどんな人でも、私に起こったことは変わらない。親もいない。家族もいない。病院の看護師がつけてくれた名前がジェニー。捨てられていた場所がケント・ストリート。それで、ジェニー・ケントよ」

彼の質問には答えた。

だが、ダンテは母親の話題を終わらせず、なおも真剣な表情をしている。

「人の性格には環境より遺伝が大きく影響する。お母さんが学生だったと思う理由は、きみがとても知的だからだ。お母さんはきっと追いつめられて怯《おび》えていたんだろう。それで、きみが生きるために自分の身元を偽ったように、お母さんも生きるために母親になることをあきらめたんだ」

「私は自分の子供を手放すようなまねは絶対にしないわ」母のしたことと自分のしたことを同等に見なされ、ジェニーは憤慨した。

「ああ、きみならそんなまねはしないだろう」慎重に判断して言う。「そこからは環境の問題だ。お母さん自身は親から捨てられた子供ではなかったはずだ。でも深く傷ついたとき、人は後悔しかねない決断をするものだ」

昏睡《こんすい》状態から目が覚めたら、あまりにもたくさんの問題が降りかかっていて、どうしたらいいかわからなかった私のように。

母のことをもう少し寛容に考えてあげたほうがいいのかもしれない。

突然、ジェニーはダンテとこんな会話をしていることが奇妙だと気づいた。彼は何をたくらんでいるのだろう？　母のことをどう思っているかなんて、どうして気にするの？　彼みたいに恵まれた人生を送る人にはなんの関係もないのに。なんの関係も……。

「末息子に背を向けた祖父のように」ダンテが静かにつけ加えた。「そして、いつか手遅れになってしまうんだ」

なるほど！　私にもっと感情移入させようというつもりね。私の生い立ちを利用して親近感を持たせて、操ろうとしているのだ。体でつなぎ止めるという作戦は危険すぎると判断したのかしら。もう誘惑される心配はなくなったの？

ジェニーは振り返り、彼の目を見た。「精いっぱい頑張ると言ったじゃない。本当よ」

彼女の真意を推し量るようにダンテはじっと目を見つめている。その彼の瞳を見つづけるのは難しかった。拷問台の上で手足を思いきり引きのばされ、体じゅうの神経を調べられているような気分だ。それでも、彼に信用してもらうためには目をそらすわけにいかない。

先に目をそらしたのはダンテだった。

ゆっくりとジェニーの口元に下りていった視線が、そこで止まった。

彼女の言った言葉の意味を考えているのではないことはわかる。彼のキスにジェニーがどう応《こた》えたか、思い出しているのだ。記憶を確かめて再現するために。

喉に息がつかえた。心臓が胸をたたき、胃がぎゅっと縮み、腿に震えが走る。体を支えようと、ジェニーは片手で石壁をつかんだ。もう一方の手は拳《こぶし》を握る。弱さを見せてはだめと心が叫んでいる。少しでも触れられたら、彼を押しのけなければ。

ダンテはじっと動かない。ふたたびジェニーの目をとらえたダンテの目に欲望がきらめく。かすかな震えがジェニーの背筋を駆けおりた。恐れているのか期待しているのかわからない。何も考えられない。ダンテはいまいましいほどセクシーで、その瞳は今までほかの誰も与えてくれなかった喜びを約束している。

「今夜はいちだんときれいだ。祖父はきみが孫娘なのを誇りに思うだろう」ダンテはかすれた声でささやいた。「アントニオ叔父さんに似ていないことはどうでもよくなる。そうなれば、半分成功したも同然だ。きみがしっかりやってくれさえすれば、あとは難しくない」

ジェニーは震える吐息をもらした。「大丈夫よ」また猶予が与えられた。

ダンテがほほ笑んだ。満足そうな温かいまなざしに、ジェニーの体がうずく。この男性に反応しないようにするのは不可能だ。

ダンテはそろそろ行こうと手で示した。「テラスまで歩道を行こうか。そこから中央広間を通って応接用の翼に行ける」

ゲームの再開だ。ジェニーは歩きだした。二人の体が激しく呼応していることを強烈に意識しながらも、なんとか気持ちをそらそうとする。「ルチアは今度はどんな態度に出るかしら?」

「祖父の前ではとびきり愛想よくするさ」

「アニヤが出ていったことを、彼女はどう思っているの?」

「うまく芝居していたよ。勘違いしていたとね。アニヤを呼べば僕のためになると思ったって。ルチアは損失を食い止めることにかけては達人だ。自分の得にならないと見れば、すぐに立場を変える」

「彼女に対してずいぶん辛辣《しんらつ》ね」

ダンテは肩をすくめた。「それが彼女のやり方だというだけさ。ソフィア叔母さんは、気まぐれに甘やかしたり、ほったらかしにしたりした。ルチアはまだほんの子供のころ、母親やまわりの人間を操縦するすべを身につけた。僕には彼女の策略が見抜ける。ルチアはそれが面白くないんだろう」

「あなたも策略の達人ですものね」

それが事実だと認めるようにダンテの目がぎらついた。「つねにトップでいるために必要な条件だ」

徹底した支配力。

その力をあますところなくベッドの上で感じたらどうなるだろう、とジェニーは想像せずにはいられなかった。

10

夕食が用意された部屋からは大きなプールが見渡せた。水中にそなえつけられたライトが水を青く浮かびあがらせ、噴水を内側から輝かせる。まわりにはぶどう棚や花を植えた壺《つぼ》があり、そのあいだにローマ神話に登場する神々の彫像が立っている。息をのむような眺めで、会話がとぎれるたびにジェニーは視線を吸い寄せられた。ひと言ひと言べラになって話さなければならない緊張から解放される一瞬だった。

今夜はマルコ・ロッシーニにそれほど重圧を感じることはなかった。マルコはゆったりとくつろいで、ジェニーに矢継ぎ早に質問を浴びせるルチアの言葉に耳を傾けるだけで満足している。質問の大半は簡単に答えられるものだ。

「向こうで帰りを待っている恋人はいるの?」メインの料理を食べおえたころ、ルチアがきいた。

「いいえ。あなたは? 恋人は?」

ルチアは軽く肩をすくめた。「特定の人はいないわ。好きなときに誰とでもつきあえるもの」

　金持ちの傲慢《ごうまん》さね。ダンテもきっと似たようなものだろう。アニヤを捨てることに少しの迷いもなかったから。彼に気持ちのつながりなどない。それを忘れないようにしなければ。

「ひとりのときは何をしているの？」ルチアが続けてきく。

「スケッチしたり、絵を描《か》いたり」

「何を描くの？」

「だいたい肖像画よ」本当のことを言って、その結果ルチアが驚くのを見るのは、なんだか気分がよかった。「路上で絵描きをしているの。シドニーのベネチアン・フォーラムに来るお客さんたちに、その場で似顔絵を描いて売っているのよ」

「まあ《ディーオ》！　まるで物乞《ものご》いじゃない！」

「私は好きよ。興味深い顔をたくさん見ることができるから。ダンテの顔みたいにね」ジェニーはダンテに向かってほほ笑んだ。一度くらい警告に逆らってみるのも悪くない。

「彼に注文される前から、描いてみたいと思っていたの」

「ダンテが安っぽい路上絵描きに似顔絵を描かせたの？」ルチアは嘆かわしいと言わんばかりだ。

　ダンテはいい加減にしろというようにジェニーを鋭く一瞥《いちべつ》してから、ルチアに平然としたまなざしを向けた。「初めてベラと対面したときだ。自分の身元を名乗る前に、多少どんな女性か知っておきたいと思ったんでね」

「その似顔絵が見たいものだな」マルコの言葉に、みんなの注意が集まった。疲労のせいか痛みのせいかほとんど灰色に見える顔のなかで、興味津々に輝く瞳だけが生き生きとしている。「持って帰ってきたか、ダンテ？」

「いいえ」ダンテは残念そうに言った。

代わりにジェニーが説明した。「完成させなかったんです。彼が従兄《いとこ》だと聞いて……」

「道具をたたんで、さっさと逃げだしましたよ。僕たちとかかわりを持ちたくないと言って」ダンテが皮肉っぽくあとを続ける。

「どうしてそんな？」ルチアが信じられないとばかりに声をあげた。

「私たちがベラの人生にとってなんの意味も持たなかったからだよ。もっともな話だ」マルコが重々しく答え、ジェニーのほうを向いて訴えた。「ここにいるあいだに、私のためにダンテの肖像画を描いてくれないか」

ジェニーはすまなそうに肩をすくめた。「絵の道具は何も持ってこなかったんです」

「問題ない。私が用意しよう」マルコはダンテに向き直った。「手配してくれるな、ダンテ？　ここに滞在しているんだから、ベラが絵を描くのに必要なものをなんでもそろえてやってくれ」

「明日の朝いちばんに」

「スケッチブックと木炭が何本かあれば充分です」ジェニーはあわてて口をはさんだ。これ以上、彼らから何ももらいたくない。

彼女の抗議に、マルコはとんでもないというように軽く手を振った。「カプリ島の美しい色彩をとらえたいと思わない画家はいないだろう。そばにいてほしいという私の願いを聞いてくれたおまえのためにも、せめて好きなことをして楽しんでもらいたい。ダンテ、頼むぞ」

確かに、絵を描いていれば時間がつぶせる。何時間、何日、何週間でも……。

悪い考えではない。絵を描いているあいだは、ダンテやルチアと一緒にいなくてすむ。自分だけの世界に浸っていられるかもしれない。

ジェニーはマルコに向かってほほ笑んだ。「ありがとうございます。島の風景を描いてみるのが楽しみです」

マルコもほほ笑み返した。「私は、おまえが楽しく絵を描くところを見られればうれしい」

「あなたの絵は売れたことがあるの？」ルチアが尊大に尋ねた。祖父が新しい孫に目を細めていることがしゃくにさわるのだ。そして、褒められた才能にけちをつけたがっている。

「ええ。でも、大した金額じゃないわ」それは事実なので、なんのこだわりもなく認めた。

ルチアの顔に見下した笑みが浮かんだ。「ローマでも指折りのギャラリーのオーナーを知っているの。私が頼めば、喜んであなたの絵の批評をしてくれると思うけど」

ジェニーは首を振った。「私の絵はとてもそんなレベルじゃないから。でもありがとう」

「あら！」ほとんどばかにした言い方だ。

「ベラは来年、本格的に絵の勉強をしようと計画しているんだ、ルチア」マルコが言う。そこにはかすかに叱責《しっせき》の響きがあった。「おまえもそろそろ自分の生き方をしっかり考えるべきだ。勉強をして、パーティ三昧《ざんまい》の生活よりもっと意義のある仕事を始めたほうがいい」

「慈善事業の資金集めのパーティよ」ルチアはすかさず弁明した。

「働いたほうが、慈善精神の目的にかなう」ダンテがきっぱりと言い返す。

ルチアは愛らしく訴えた。「私はどんなことをしたらいいのかしら、おじいさま？　おっしゃるとおりにするわ……」

「満足感が得られて意欲が持てるものは何か、自分で見つけるんだ」マルコはうんざりした表情になった。「人に教えられることではない」

「だって、今の生活で満足しているんですもの」ルチアは屈託なく笑う。

「だとしたら、おまえの満足の程度が知れるな。今のままでは、母親のようになってしまうぞ。まわりから利用されるばかりで」

「私は絶対に誰からも利用されないわ。お母さんがどうなったか、いやというほど見てきたもの。よくわかっているわ」

「ソフィアには自分を支えるものが何もなかった。空虚さを埋めるものが」マルコは寂しげだ。「おまえは自分で何か見つけなさい。達成感を与えてくれるものをな、ルチア。おまえに言いたいのはそういうことだ。ダンテにはその心配がない。おそらくベラも大丈夫だろう。だがおまえは、もっと自分の人生を堅実に考えなければ、無自覚に無意味な人生を送りつづけることになりかねない」

マルコは消耗していた。息を吸いこみ、ダンテを手招きする。

「部屋に連れていってくれ。やすみたい」

ルチアがさっと立ちあがった。「私がお連れします、おじいさま」

マルコは手で制した。「ダンテ」有無を言わさない口調だ。

ここへ来たときは、看護師が車椅子を押していた。歩くこともできないほど調子が悪い証拠だ。食も進まないらしく、料理にはほとんど手がつけられていない。ダンテがテーブルから車椅子を引きだすのを見ながら、マルコ・ロッシーニに残された時間は本当に少ないのだとジェニーは痛感した。彼は死を迎えようとしている。ひょっとしたら、医師の予測より早いかもしれない。

祖父に優しくしてくれ……。

そのとき初めて、ダンテの願いが心に響き、ジェニーは自分に誓った。できることはなんでもしてマルコを喜ばせてあげよう。明日は、ダンテの人柄が出せるように心をこめて絵を描こう。

二人と入れ違いに、メイドがデザートを運んできた。小さな器にさまざまな氷菓子《ソルベ》がとり分けられていた。マルコが食べやすいようにという配慮だろうが、肝心の彼はそこにいない。

とまどうメイドに、ルチアが横柄に命じた。「私たちの分を置いたら、残りは下げて」

自分の介助を祖父に断られたことに、まだむっとしているようだ。

メイドが下がるのを待ち、ジェニーはルチアの不満を少しでもやわらげようとした。

「ダンテが話していたけど、彼は六歳のときからおじいさまのそばにいるそうね。だから、おじいさまは彼に用事を頼む習慣ができているんだわ……」

「なによ、いい加減にして！」ルチアの黒い瞳が怒りに燃えた。「ダンテとおじいさまの言いなりになって、二人をうまく丸めこんだつもりかもしれないけど、あなたの狙《ねら》いはわかっているのよ」

「私は何も狙ってなんかいないわ」ジェニーも怒りにかられ、激しく言い返した。

「そういう言葉に母はいつも引っかかっていたわ。お金目当てじゃない恋人。でも信用したが最後、全部むしりとられるのよ。あなただって、私たちとなんのかかわりも持ちたくないなんて立派なことを言っておきながら、おじいさまの罪悪感をあおって、あなたのためならなんだってしてあげるって気にさせたじゃないの」

ジェニーは冷静になりなさいと自分に言い聞かせ、大きく息を吸った。「あなたが世の中を不信に満ちた目で見てしまうような経験をしてきたことは、お気の毒に思うわ」落ち着き払って言う。「でも、私のことはあなたの誤解よ。私は……」

「絵の道具は何も持ってこなかったんです、だなんて」ルチアは皮肉たっぷりにジェニーの口調をまねた。「おじいさまが最高級の道具をそろえてくださるのは確実じゃない。上々のすべりだしね」

いやみたっぷりな言い方に、ジェニーはかっとなった。「いただくつもりはないわ。ここで借りるだけよ。帰るときに全部置いていくわ」

悪意に満ちたルチアの瞳が勝ち誇ったように光った。「それじゃ、絵を描くというのもお芝居なのね。専門家に絵を見てもらうのがいやなわけだわ」

「いいえ、お芝居じゃないわ」ジェニーは言い返した。「家に自分の道具があるのよ。あなたのおじいさまから何もいただく必要はないし、いただくつもりもないわ！」

「あなたのパパがもらうはずだった遺産以外は、でしょう。考えてないなんて言わせないわよ」

「考えてないわ。でも、たとえそうだとしても、あなたに関係があるの？　それであなたが何か損をするの？　あなたには充分遺産が入るんでしょう」

「お金の問題じゃないわ！」ルチアは両手でテーブルをたたいて立ちあがり、身を乗りだすようにして憎々しげに叫んだ。「ダンテにべったりくっついてこの家にやってきたと思ったら、おじいさまにもすぐに気に入られて。おじいさまは私に向かって、生き方の手本にしろとまで言ったのよ。私の生き方になんか、まるで関心がなかったくせに！」

「おじいさまは、あなたを大切に思ってらっしゃるのよ」ルチアが怒っているのは嫉妬《しっと》のせいだ。それがわかり、ジェニーは静かに言った。

「おじいさまが私のために何かしてくれたことなんかないわ！」ルチアは怒りもあらわに手を振りまわした。「いつもダンテ、ダンテ、ダンテ。おじいさまが大事な孫息子ばかり見ているあいだ、私は母に世界じゅうを引きずりまわされたわ。母の都合に合わせて、世話をしてくれる人も学校も次から次へと替わった」

ルチアの手がまたテーブルをたたきつけた。瞳は憎しみに燃えている。

「私も孤児だったらよかったと何度思ったか。そうしたら、おじいさまが引きとって、ダンテみたいにしてくださるのに。ところが、またしても新たな孤児の孫が現れて、おじいさまの関心を独り占めするなんて」

「ルチア、私がおじいさまと一緒に過ごせる時間はほんの少しよ」

「私が過ごすはずだった時間よ。あなたなんか見つからなければよかったのに。親と同じように死んでいたらよかったのよ」

「ルチア!」

ダンテの声が部屋にとどろくと同時に、ジェニーの顔から血の気が引いた。ベラは確かに死んでいる……半年も前に。私はここにいるべきではないのだ。本物の孫娘の時間を奪ってまで。

「私に出ていけと命令できると思ったら大間違いよ、ダンテ!」ルチアが叫んだ。激しい音量がジェニーの耳を突き刺す。「この別荘はまだあなたのものじゃないんだから! 私にだって自分の好きなことをする権利があるわ」

「人をいじめるのが趣味なら、家族のいないところでするんだな。ベラをおまえの意地悪の餌食《えじき》にはさせない」ダンテはジェニーを立たせ、肩に腕をまわしてかばうように引き寄せた。

「いいわ! 二人で逃げだしなさいよ!」ルチアがせせら笑った。「どうせ私はいつも独りぼっちなんだから。何も変わりはしないわ」

「自分がどうかじゃなくて、他人のことを考えるようにするんだ。そうすれば、違う結果が得られるかもしれない。自分の都合のためにベラの死を願うなんて、とんでもないことだ」

激しい非難に、ルチアの頬が赤くなった。「あなたも死んでしまえばよかったのよ」

「おまえはいつもそう言うな。でも、いいか、ルチア。僕はおまえに仕掛けられた数々の汚い罠《わな》のことを一度もおじいさんに告げ口したことはない。だが、それをベラにしてみろ、必ず報告する。おじいさんは絶対に不正を許さない。自分の息子でも完全に抹殺して、つい一週間前まで僕たちはその存在さえ知らなかったんだから」

ダンテはジェニーを部屋から連れだした。ジェニーは自分のしていることの恐ろしさに打ちのめされていた。こんなお芝居に加担するべきではなかった。大勢の人を巻きこんでいるというのに。祖父の最後の願いをかなえるだけだと思っているとしたら、ダンテには状況が見えていないのだ。そんなに単純な話ではない。

「ここで落ちこまないでくれよ」ジェニーが激しく動揺し、芝居を続ける気がくじけそうになっているのを察して、ダンテは荒々しく言った。彼女の気持ちを自分の意志の強さで包みこみ、抱きかかえるようにして長い廊下を進む。

ジェニーの部屋に入り鍵《かぎ》をかけたあとも、ダンテは彼女を放さなかった。ジェニーは何も言えず、気がつくと彼の腕のなかで肩に寄りかかっていた。彼の手がなだめるように髪を撫《な》でている。温かい唇が耳元に寄せられ、彼が口を開くと息がまわりを包みこんだ。低い声がジェニーの体に響き、なおさら激しく心を揺さぶる。

「もう後戻りできないんだ。ルチアが何を言おうと関係ない」

ダンテの横暴な力に抵抗しなければ。でも力が入らない。しっかり抱きしめられ、髪を撫でられていると、心が安らぐ。彼は私が受けた心の傷を心配してくれている。涙がこみあげてきた。弱った心からこみあげる涙だ。ひとりになるのはいや。彼に優しく抱いてほしい。だが、混乱した頭の一部は、彼の優しさは自分の利益を守るためだと訴えている。私を操りたいだけなのだ。

ジェニーは喉をごくりとさせ、まばたきで涙を押し戻した。そして覚悟を決め、口を開く。「いいえ、関係あるわ。重要なことよ。私は彼女の時間を奪っている。私のものではない時間を。こんな状況を招いたのは私のせいよ。だから、おじいさまとルチアには、私がベラになりすましてあなたをだましたと言うわ。そうすれば、あなたが責められることはないわよ、ダンテ」

自分の身の上に何があったかは関係ない。悪気はなかったと言って許される問題ではないのだ。罪悪感と恥ずかしさに、ジェニーは耐えられなかった。

ダンテの指が彼女の髪をからめとり、彼女の顔を上向けさせた。ジェニーは目を閉じたかった。だが、本気だとわからせるために、疑わしげな彼の目をまっすぐに見つめ返す。

ダンテがじっと見つめている。長く、神経がすり減るような時間だった。彼の瞳は、彼女の心の底まで焼きつくすほど熱く燃えている。突然、ジェニーは彼の体のこわばりを感じた。腿が彼女の腿に押しつけられる。腰に巻かれた腕がジェニーの体をぴったりと密着させている。胸はダンテの固い胸板に押しつぶされた。

ジェニーの鼓動が激しくなる。

ダンテの目が満足そうに光った。ジェニーの気持ちが偽りの役割から離れ、意識が自分の体に向けられたことを歓迎するように。「きみを放したくない。きみもそうだろう」自信たっぷりの口調だ。

彼の唇が重なった。

ジェニーは彼のなすがままだった。愚かだとわかっているけれど、それでも彼が感じさせてくれる感覚をすべて味わいたい。元の生活に戻る前に。ダンテのような男性に出会ったのは初めてだ。これからもないだろう。こんな異常で特殊な状況のなかでしかありえない結びつきで、終わりは必ず来る。だけど、せめてひと晩、彼と一緒に過ごせたら。

警戒心を捨て、ジェニーはダンテにキスを返した。今日の午後、何もかも忘れるほど激しくほとばしった情熱に、もう一度火をつけたい。

ダンテは彼女が陥落したのを感じて歓喜した。奪っても奪いつくせないというように激しく唇をむさぼる。彼の貪欲《どんよく》さに酔いしれ、ジェニーはさらに彼を求めた。

悩ましく押しつけられるダンテの体からジェニーの全身に脈打つ興奮が伝わり、彼のもたらすすさまじい性的官能を熱く求めさせる。彼に奪われたい。

ダンテはジェニーのなかの本能的なものをかきたてた。男性を自分のものにしたいという奔放な欲望を。

さらされる。

ジェニーの手はダンテの固い筋肉質の腿を上下に這《は》い、彼女の内にうごめく欲望を夢中で伝えた。髪にからまった指がドレスの背中のファスナーを引きさげ、彼の手の下で肌がさらされる。背筋にぞくっとする刺激が走る。

ダンテが唇を離し、イタリア語で何かささやいた。彼の顔には、せっぱ詰まった思いがあらわになっていた。ジェニーに身動きしないよう目で合図する一方、彼の手は美しく着飾ったドレスをすばやくはぎとっていく。

そうよ。ジェニーは熱烈に思った。デザイナーズブランドのドレスでとりつくろった見せかけなんか、捨ててしまいたい。これも偽りを演出する小道具にすぎない。すべてから解放されたい。本当の自分でいたい。それでもなお、ジェニーはダンテ・ロッシーニから求められる自分でいたかった。

ダンテの手と唇は、これが現実であることを彼女に請けあった……ぞくぞくするような愛撫《あいぶ》がゆっくりと彼女の背中から腰まで下りていく。彼の唇がジェニーの胸のふくらみを愛撫し、頂を鋭くうずかせる。おなかから腿へとキスが続き、怒濤《どとう》のような興奮が押し寄せる。

ダンテは体を起こし、乱暴に自分の服を脱ぎ捨てた。ジェニーは彼の荒々しい性急さに勝ち誇ったような喜びを感じ、目の前でむきだしになる肉体美を堪能《たんのう》した。完璧《かんぺき》な筋肉を覆うサテンのようになめらかな褐色の肌。美しく均整のとれた全身に、胸が高鳴る。ジェニーはもはやこらえきれず、彼の体に手を這わせた。彼は本当に美しい。顔も、体も。彼から放たれる獰猛《どうもう》なエネルギーに、女性としての弱さを思い知らされる。

それはジェニーを怯《おび》えさせはしなかった。むしろ、とろけるように柔らかい、とても女性らしい気持ちにさせてくれた。彼の猛々《たけだけ》しい強さで今まで知らなかった場所へ連れていってほしい。過去の乏しい性体験で到達することのなかった場所へ。この人はまるで違う。それを肌で感じる。こらえきれない体の反応でわかる。

原始時代の男性が自分の女だと誇示するようにダンテはジェニーを抱きあげ、ベッドに運んだ。そっと下ろし、彼女の脚のあいだに膝をついて覆いかぶさる。まるで獲物にありつこうと狙い定める猛獣みたい。自分の突飛な空想に、ジェニーは笑った。飢えたように彼女を求めるダンテの欲望に、身も焦がれる喜びを感じながら。

ダンテは長く刺激的なキスで彼女の笑い声をのみこみ、喜びを熱い情熱に変えた。ジェニーはダンテの腰に脚を巻きつけると、押しあげるように彼の脚をこすりあげ、行動をうながした。キスだけでは満足できない。彼の唇は、期待させ、火をつけ、甘くじらす。でも、まだ彼女の望むものを与えてくれない。彼を体の奥深くに感じたいと全身が悲鳴をあげている。キスより深く。もっと深く。

ダンテがついに彼女のなかに入ってきたとき、ジェニーは強烈な陶酔感に身をのけぞらせた。彼を待ち望んでいた場所が満たされ、喜びに脈打つ。彼は何度も彼女のなかに分け入ってくる。やがて頂点に達した緊張が砕け散って甘美な状態に変わり、ジェニーは絶頂感に襲われた。

それでもまだダンテは突き進み、押し寄せる官能の波に乗りながら、彼女の甘い芯《しん》に吸いこまれていく。ついに彼も上りつめ、激しい震えとともに自らを解き放った。生命が熱く逆巻く流れとなって、彼の一部を自分のなかにとどめたいというジェニーの願いを満足させる……たとえほんの一瞬でも。

ジェニーはダンテを抱きしめた。五感のすべてで彼を感じる。麝香《じゃこう》のような情事の残り香、荒い息づかい、胸の鼓動、肌に光る汗。そのすべてがいとおしくてたまらない。

ダンテは彼女を抱いたまま仰向けになった。しっかり抱きしめ、彼女の頭を引き寄せる。ジェニーは自分が彼の大切な所有物になった気がした。

まるで、二人だけの沈黙の世界で繭に包まれているように満ち足りている。やがて終わりが来ることはわかっている。二人は離れなければならない。でも、今はまだ……。

お願い……もう少しだけ。

今夜が長く続きますように。

ひと晩だけ……夜が明けるまで。

11

ダンテは脚を伸ばしてジェニーの脚の上に重ね、豊かなヒップのふくらみをはさみこんだ。乱れた巻き毛を指に巻きつけ、きつく抱きしめる。絶対に彼女を放してなるものか。まったく大したものだ……この女性は。

自分のなかの野性を目覚めさせられただけでなく、心までわしづかみにされた。ダンテはアニヤのような女性に慣れていた。計算高く、上流社会を要領よく渡り歩いて、他人に何か与えるのは、自分の欲しいものを手に入れるときだけ。ジェニー・ケントも、身分は違えど、彼の計画を受け入れるだろうとダンテは侮っていた。それが彼女にとっても利益になることだから。しかし彼の予測はことごとく裏切られた。

彼女は祖父をだまし、ルチアをだますことを思い悩んだ。

彼女は自分が受ける資格がないものを手に入れることをいやがった。ベラの名前を騙《かた》ったのは、少しのあいだ生きのびるためだった。それで傷つく人は誰もいないと信じていたから。

そして今度は、彼女を無理やりこういう状況に巻きこんだ張本人の僕まで傷つけたくないという。僕を道連れにせず、自分ひとりで責めを負う覚悟でいる。

ここまでいちずに他人を思いやることができるとは、驚きだ。

しかし、どんな告白をしようと事態は変わらないことが、彼女にはわかっていない。ルチアは、僕の〝失態〟に乗じて、ますますわがまま三昧《ざんまい》を続けるだろう。祖父の落胆をほら見たことかとあざ笑うに違いない。祖父が望むことを自分がかなえて慰めようともせずに。どだい無理な話だ。それができるのはベラ——ベラとしてのジェニーだけだ。

現状は維持されなければならない。

そもそも、この女性がもっと欲しい。

もっと、ずっと。

ジェニーは今、僕の腕のなかで静かに横たわっている。情熱を使いはたして。何が彼女のなかにあれほど激しい情熱をかきたてたのか、謎《なぞ》だ。誘惑しようとしたわけではない。引き止めておくためなら、なんでも利用するつもりはあったけれど。キスした瞬間から……彼女もそう望んでいたか、あるいは抑えられない衝動があったのでなければ、二人のあいだの強烈な引力を受け入れて、その力に身をまかせることはなかったはずだ。

あるいは、この一週間強いられてきた緊張からの解放だったのかもしれない。沈黙の壁の背後にためこんでいた、さまざまな感情の肉体的はけ口。言うまでもなく、それらの感情の対象になっているのは、彼女をこの重圧のなかに追いこんだ僕だ。

なんだっていい。彼女との親密な行為は信じられないくらいすばらしかった。ただ……体の関係を持ったからといって、それでジェニーを引き止めておくことはできない気がする。彼女が身をまかせたのは、明日にはここを離れるつもりだからではないのか。

ダンテは奥歯を噛《か》みしめ、決意した。

どんな手を使ってでも彼女を引き止める。

まずは、体の結びつきを強めよう。

ダンテは力を抜き、ゆっくりジェニーの体を仰向けにした。自分は横向きになって肘をつき、彼女の顔にかかった髪をそっと撫《な》でつける。ジェニーが目を開けてまばたきした。その瞳をのぞきこんでほほ笑むと、彼女が用心深く見つめ返してきた。

「どうして笑ったんだ？」ダンテはからかうようにささやいた。

それを聞いてジェニーは驚き、思い出し笑いをした。「まったくめちゃくちゃだったわ……あなたも私も」

「でも、あのときさみは全然気にしていなかった」

「ええ、そうね」

「僕もだ」

ジェニーの顔から笑みが消えた。「お互いに、あれ一度きりよ」

「僕はいやだ」ダンテはジェニーの唇に視線を落とし、羽根のように軽く指を走らせた。

「あれだけじゃ足りない」

ジェニーは大きく息を吸うと、ダンテの手を振り払い、昂然《こうぜん》と言った。「私はどこの馬の骨かわからないような人間かもしれないけど、秘密の愛人にできると思ったら大間違いよ。あなたとベッドをともにしたのは自分で望んだことだとはいえ、これからも続けるつもりはないわ」

ダンテはからかうように眉を上げた。「きみには物足りなかったかな?」

ジェニーの顔が赤らんだ。「そんなこと関係ないでしょう」

「僕には大ありだね。あんなに気持ちがよかったのは初めてだ」ダンテの手がジェニーの喉から胸のふくらみへとすべりおり、極上の手ざわりを楽しむようにこまやかに愛撫《あいぶ》する。

「そうじゃなかったと言えるかい?」答えは聞くまでもない。

ジェニーの瞳がとまどいぎみに揺らいだ。「そんなこと、どうでもいいわ。あなたの世界に私はふさわしくない人間よ。それはあなたもわかっているでしょう」

「僕の住む世界は僕が自分で築くものだ。きみはすでにその一部になっている」

「あなたの従妹《いとこ》としてね。従妹なんだから、あなたは触れるべきじゃないわ」

「お互い、それが事実じゃないと知っているんだから、何も悪いことはしていないだろう。二人で楽しめばいい」ダンテの手は彼女の腿の付け根に達し、二人がひとつになったことを思い出させるようにそっと撫でた。「お互いに楽しもうというだけだよ。僕たちが恋人同士になることがきみを貶《おとし》める結果になるなんて、おかしい。そんな考え方をすること自体、ばかげている。秘密にはするけど、僕に体を売っていると思う必要なんかないさ。きみはそんな人間じゃない。そういう人間なら、この状況に乗じて絞れるだけ絞りとっているはずだ」

「この状況が間違っているのよ、ダンテ」ジェニーは反論した。彼の指でふたたび興奮に火をつけられ、呼吸が速くなる。

「そんなことはないさ」ダンテはすぐさま打ち消した。「きみのしていることは、祖父の痛みをまぎらしてくれている。死ぬ前に洗いざらい話してしまいたいと思っている思い出のはけ口になっている。息子を勘当した罪悪感を癒《いや》すことができるのは、きみの存在しかないんだ」

「だけど、私はベラじゃないわ」

苦悩に満ちた叫び声だった。

ダンテはジェニーに覆いかぶさり、唇を寄せた。彼女の苦しみをやわらげたかった。

「ベラがどんな人であれ、きみは彼女の名に恥じないよう立派にやっている」

ジェニーは彼の顔をはさみ、自分の目を見つめさせた。そこにはまだ苦痛が浮かんでいる。「そうすることでルチアを傷つけているわ。私はおじいさまの関心を独り占めしている。本来、彼女が受けるべきなのに」

ダンテのなかに怒りがこみあげると同時に、攻撃的な衝動が突きあげてきた。愛撫をやめた手でジェニーの顎をつかんで持ちあげ、片脚を彼女の脚のあいだに入れてのしかかる。彼女に自分の主張をしっかりわからせるために、体で威圧するような姿勢をとった。

「ルチアか……」ダンテはあざけるように低くうなった。瞳は反論を許さない確信に燃えている。「祖父の関心を独り占めできたはずの先週一週間、彼女はいったい何をしていた？　ローマに買い物に出かけて、アニヤを呼び寄せる画策をしていたんだ。きみにはそれが、祖父のそばにいたい孫娘の行動だと思えるのか？」

返事はない。ダンテを見上げる瞳に鋭さはなかった。言われたことはわかったようだ。あとは念を押すだけだ。

「その時間を、祖父のそばにいて、いたわってあげることもできたはずだ。本当にその気があるなら。でも違う。ルチアは人をもてあそぶことが好きなんだ。今夜はきみがその標的になった。きみをけなし、あおって、あたかも迷惑な侵入者のような気持ちにさせた。いいかい、それはベラがされていることなんだぞ。きみにとって姉妹とも思える親友が受けている仕打ちだ。ルチアにそんなことをする権利は絶対にない。ベラだったら、どんな気持ちがしたと思う？」

ジェニーは顔をしかめた。ベラがここでこんな目に遭うなんて、考えたくもない。

「あれはいじめだ」ダンテはたたみかけた。「きみがルチアの思いどおりにさせていたら、代わりに祖父が傷つくことになる。きみがここを出ていけば、結果的にきみを連れてきた僕が打撃を受け、ルチアは小躍りして喜ぶだろう。祖父の気持ちなどおかまいなしだ。何より大事にするべきなのは祖父なのに。これは祖父のための時間なんだよ。わずかに残された貴重な時間。祖父はその貴重な時間をきみと過ごしたいと望んでいる。きみと……」

ジェニーの反応を引きだそうとダンテはキスで刺激したが、何も返ってこなかった。

「きみは思いやりがあって……」ダンテはささやき、心を開かせようと、彼女の唇のあいだに舌をさし入れた。ジェニーはかすかに反応したが、頭はほかのことでいっぱいだった。

「心から尽くしてくれる」ダンテはさらにキスを深め、彼女の感覚を刺激するあらゆる技巧を駆使した。彼女がベラでいるあいだ、二人が共有できることを思い出させるために。

ダンテの顔を押さえたジェニーの手がゆるみ、指が髪にもぐりこんだ。そっと舌をからませてくる。ダンテの全身の血が騒ぎだした。勝った。彼女のなかにともった火を、ふたたび白熱の炎に燃えあがらせたい。そのために今度は用心深く自分を抑え、彼女を喜ばせることに専念しよう。ゆっくり時間をかけて彼女の全身にキスと愛撫の手を這《は》わせ、快感をかきたてる。燃える体に彼女が身もだえすると、ダンテの胸が躍った。ジェニーは彼の背中に爪を立て、早くひとつになってほしいとうながした。

その性急な要求が、ますますダンテを高ぶらせる。ジェニーのなかに一度深く突き進んだだけで、火花が散るような強烈な快感に打たれた。理性はあっというまに消えうせた。まるで官能の気流に乗って舞いあがっては急降下する鷲《わし》になった気分だ。高みのそのまた高みに上りつめ、目がくらむ。ジェニーは跳ねあげ、包み、誘いこむ。ついにダンテは導かれるまま、彼女とともに絶頂に達し、新星《ノバ》のように爆発した。

思考力は吹き飛んでいた。なんの力も残っていない。

奇妙な真空状態のなかに浮遊し、彼をつなぎ止めているのはジェニーだけだった。ようやく意識がはっきりしたとき、ダンテは彼女の体を押しつぶしていたのに気づいた。それでもジェニーの腕は結ばれたままでいたいというように巻きつけられている。ダンテはわずかに体を起こし、彼女の額や閉じたまぶた、鼻、唇にキスをして、ささやいた。

「ここにいると言ってくれ」

ダンテは息をひそめて彼女の答えを待った。

「いいわ」

僕の勝ちだ。

ジェニーは僕の意志に屈した。

ダンテは、経験したことがないほど甘い勝利の味に酔いしれた。

12

ジェニーはテラスで新しいイーゼルに向かっていた。ダンテの肖像画を描《か》く彼女の様子が見えるよう、マルコの日光浴用の椅子の近くにイーゼルが置かれている。そばに控えているのは、マルコの世話をするテレサ・ファルミロという穏やかな物腰の中年の看護師だ。三人は真昼の強い日差しをさえぎる大きなパラソルの下にいた。

ダンテは二、三メートル先にある別のパラソルの下で、テーブルに着いている。じっとポーズをとっているより、マルコと話をしていてほしいと頼んであった。沈黙のなか、みんなから注目されて肖像画を描くのは、よけい緊張する。それに、話をしているときのダンテの生き生きとした様子をとらえるほうが、難しいけれど、顔の輪郭や髪の毛だけ写しとっていくよりよほど面白かった。

ダンテ自身、とてもとらえどころのない人だ。もはや、何がよくて何が悪いのかわからない。ゆうべ、彼は私を激しい性の喜びで満足させ、同時にルチアのことは心配せずにベラとして祖父を喜ばせてほしいとあらためて説得した。ジェニーには拒絶する気力もなかった。

言われたとおりにすればいいのよ。そんな言葉が頭のなかで回転しつづけている。抵抗するなんてとても無理だ。そもそも、これはダンテの家族の問題なのだから、彼の判断のほうが正しいはず。それでも、ルチアがぶちまけた彼女の人生にジェニーは胸を痛めた。一箇所に落ち着くことなく、世話をする人が次々に替わり、親身になって関心を寄せてくれる人もいない。ある意味それは、ジェニー自身の人生と重なるものがあった。ルチアはお金があっても寂しさを埋められなかった。ただ、日々の生活の心配をしなくてよかったというだけで。

マルコと二人きりのときにルチアのことを相談してみたらどうだろう。家族のために役に立つことができたら、ここにいる罪悪感も少しは薄れるかもしれない。もっとも、こちらは善意のつもりでも、ルチアは干渉されたと怒るかもしれないけれど。今朝はまだルチアの姿を見ていない。ゆうべの罵詈《ばり》雑言を恥じているか、あるいは誰が傷つこうといっさいかまわないのだろうか。

ルチアの問題よりもっと悩ましいのは、ダンテとの新たな関係だった。ジェニーは秘密の情事を続けるつもりはなく、今朝何もかも終わらせるはずだった。ところが彼は、昼は従兄妹《いとこ》、夜は恋人としての関係を続ける気でいる。また別の嘘《うそ》をつくなんていやだ。でも体は受け入れている。彼と深みにはまることがどんなに愚かで危険であっても。

今彼の唇を描こうとしながら、頭のなかは、それがどんなふうに自分に……自分の全身にキスしたかという映像でいっぱいだった。彼を見ているだけで、まざまざと興奮がよみがえる。ダンテはもっと私が欲しいと言った。私もまた彼が欲しいという気持ちを否定できない。今夜、彼が部屋に来たら、きっと拒めない。

これは人生の小休止のようなものよ。ジェニーは自分に言い聞かせた。マルコの死とともに終わるひとときの激情。あとは現実世界に戻り、ダンテとのつながりも夢のように思えるだろう。せめて笑って思い出せたらいいけれど。とりあえず、今は孫娘の役を演じつづけなければならない。

最後の仕上げにかかろうとしたとき、テラスの平和が破られた。

「みんな、おはよう！」ルチアの上機嫌な声が響いた。崖《がけ》沿いの道を歩いてくる。今までプールで泳いでいたらしい。赤いビキニに、同じ色のパレオを巻き、大きな赤い麦わら帽子のひさしが顔の前にたれている。「肖像画の進み具合はどうかしら、おじいさま？」気どった足どりで祖父に近づき、満面の笑みを浮かべて額に軽くキスをした。

「自分の目で見るといい」マルコはジェニーにほほ笑みかけた。「ベラには想像をはるかに超えた才能があるようだ、ルチア」

「あら、本当に？」

疑わしげな口調に、ジェニーは思わずむっとした。人にけちをつけることしか頭にない人間に寛容になるのは楽ではない。ルチアがダンテと絵を見比べているあいだ、ジェニーは緊張していた。ルチアが笑いだすと、さらに体がこわばった。

「ちょっと、面白いわよ、ダンテ。最高にロマンチックに描けてるわ」

「ロマンチック?」とまどいぎみにジェニーを見ながらダンテが尋ねた。

「お客さんを喜ばせようとするのは、路上絵描きの癖じゃないかしら」ルチアはばかにした口調でしゃべりつづける。「相手の本質なんてどうでもいいのよね。もちろん、そんなものは全然わかってないでしょうし。でも言わせてもらうけど、ベラ、少しはダンテのことがわかってもいいころよ。一週間以上も一緒にいたんですもの」

自分の描いた絵を見直し、ジェニーは恥ずかしさに首まで真っ赤になった。ダンテへの気持ちが絵に表れている。実際より優しく愛情あふれた目。官能的でそそられる唇。

「いつも自分が大将みたいな彼の傲慢《ごうまん》さはどこ?」ルチアが追い討ちをかける。「辛辣《しんらつ》で皮肉屋なところは?　みんながひれ伏す力の元になっている本性は、どこに表れているのかしら?」

「彼のことをよくわかっていなかったみたい」ジェニーは不安そうにマルコを見た。「がっかりさせてしまってごめんなさい」

「ちっともそんなことはないよ。ダンテがおまえに優しい面を見せているのはうれしい」マルコは手をさしのべた。「できあがったのなら、もっとよく見せてくれ」

ジェニーは絵を渡した。ダンテも近づいてくるのが気配でわかる。ロマンチックに描かれたことに驚くだろうか？ それとも、鋭い洞察力で、私が無意識のうちに絵に織りこんだ理想の恋人の幻想を見抜くかしら？ 秘密にするべきことを露呈してしまった恥ずかしさで、ジェニーはいたたまれない気分だった。

ダンテが見ている。

何も言わない。

視線は肖像画に釘《くぎ》づけになっている。表情からは何も読みとれない。

「私は気に入った」マルコが切なそうにしわがれた声で言った。「とても気に入ったよ」

「それなら、私の絵も描いてもらわなくちゃ」祖父がジェニーの作品を褒めたことにすねて、ルチアが口を出す。

「おまえが見られたいと思っているようには見てもらえないかもしれないぞ、ルチア」ダンテの口調は冷ややかだ。

「あなたをこれだけロマンチックに描けるなら、私にもそうしてくれるはずよ。そうしたら、おじいさまに私たち二人の最高の肖像画をさしあげることができるわ」ルチアはダンテが座っていた椅子にさっさと腰かけ、大げさにポーズをとると、ジェニーを手招きした。

「始めてちょうだい、ベラ。お手並み拝見といきましょう」

「礼儀はどこへ行ったんだ、ルチア」マルコが鋭い声で注意した。

ルチアは甘ったるい笑みを浮かべてジェニーを見た。「かわいく描いてね。おじいさまにプレゼントするんだから」

「頑張るわ」ジェニーは急いで答えた。ダンテの反応を考えなくてすむのがありがたい。それに、ルチアも〝ロマンチック〟に描けば、そういう画風だと思ってもらえるかもしれない。

ジェニーはふたたびイーゼルの前に座り、木炭をとって描きはじめた。ルチアの性格をゆがめている憎しみや嫉妬《しっと》は忘れ、今でも恐ろしいほど空虚な世界に住み、愛に飢えた迷子としての姿をとらえようとする。

ダンテは別の長椅子に横たわり、ルチアが祖父と話しているあいだも黙っている。彼女はその朝、母からかかってきた電話のことを話していた。ソフィアはロベルトとパリで待ちあわせ、週末一緒にカプリ島を訪れてベラと対面する予定らしい。ジェニーは、形だけの伯父と伯母がここにいるあいだ、意地悪な質問攻めに遭わないよう願った。

ロッシーニ家のほかのメンバーと会うのは避けられない。彼らが、残された時間をマルコと一緒に過ごしたいと思うのは当たり前だ。今ごろになって現れたベラは歓迎される存在ではないかもしれないが、彼らにしてもそれは受け入れるしかない。

後継者となったダンテに二人がどういう態度をとるか、興味深い。ルチアのように妬《ねた》んでいるのか、それとも一族の財産を守るという重責をまかせることに納得しているのだろうか?

私にはまったく関係ないことだけれど。家族のあいだの駆け引きには近寄らないほうがいい。これは自分の人生ではない。単なる人生の小休止だ。

「できたわ」マルコのために依頼されたので、ジェニーはイーゼルから外して彼に手渡した。「おじいさまへのプレゼントです」

「ありがとう」マルコはつぶやき、作品をじっと見つめた。

本当の孫二人もできあがりをのぞきに来る。

今度もダンテは何も言わなかった。

ルチアはすぐさま文句を並べたてた。「ダンテのと違うじゃないの。目がきつすぎるわ。明るくて楽しそうでなくちゃ。これでは、ロマンチックじゃなくて神経質そうに見えるわ。いやね」

ジェニーは肩をすくめてみせた。「ご期待にそえなくてごめんなさい。なんなら、別の日にまた描くわ」

「今日おじいさまにあげたいのよ」

「やめなさい、ルチア」鋭い視線を投げ、マルコはきっぱりと言った。「私はこれで満足だよ。ベラはもう充分、私たちの要求に応《こた》えてくれた。これ以上とやかく言うのは無作法だ」

「だって、おじいさま……」

「いい加減にしろ！」マルコは険しい声で繰り返した。「ちょっとベラと二人きりにさせてくれ。そろそろ疲れてきたから、テレサにベッドに連れていってもらう前に、二人だけで話がしたい」

「だったら、私はプールに戻るわ。ベラ、あとであなたもいらっしゃいよ」従妹《いとこ》らしいところを見せるように言い、ルチアは離れていった。

ダンテはイーゼルを持ちあげた。「これはきみの部屋に持っていくよ、ベラ」射るような視線は、祖父の話が終わったらそこに来いと命じている。

「テレサ、海でも眺めてきてくれないか」マルコが言った。看護師にも聞かれたくない話なのだ。

ジェニーは身をこわばらせ、老人が口を開くのを待った。人払いをして、二人きりで何を話そうというのだろう。テストだとしたら、今回はひとりきりで切り抜けなくてはならない。老人の顔には疲労の色が浮かんでいるが、ジェニーに向ける目にはいまだ衰えない鋭敏な知性がうかがえる。

「おまえの絵の才能は大したものだ、ベラ。間違いない」マルコの声には威厳があった。

「ありがとうございます」何をきかれるのか心配しながら、ジェニーはにっこりした。

「対象を非常によく見ている」

探るようなまなざしに、ジェニーはぎくっとした。怖くて口をきくこともできない。ダンテへの気持ちをうかつにも肖像画に表してしまった今、これ以上よけいなことは言えない。

マルコは二枚の肖像画を左右に離し、あらためてじっくり眺めてから静かに言った。「よく表れている。おまえが意識していたかどうか知らないが」また射抜くような目で見つめられ、ジェニーは不安にかられた。「もしかしたら、ダンテとルチアの人間性が出ているというより、むしろ、おまえ自身のことを反映しているのかもしれない」

「いいえ、そんな……」ジェニーは首を振り、自分が描いた絵の言い訳を必死になって探した。「ダンテに関して私にはっきりわかるのは、おじいさまを心から愛しているということです。それを描き表せたらと思ったんです」

彼はうなずいたが、ジェニーの説明に完全に納得したかどうかはわからなかった。

「愛……確かに」マルコがつぶやいた。「ありがとう。思い出させてくれてうれしいよ」

ジェニーはほっとし、体の力を抜いた。マルコは、絵に表れていることをジェニーの気持ちに結びつけて考えようとはしていない。彼の目はもう一枚の絵に移った。

「ルチアにはずいぶん違うものを感じたようだな」

「彼女があなたを愛していないというわけじゃありませんから」マルコを傷つけまいと、ジェニーはあわてて言った。

マルコは首を振り、口元をゆがめた。「ルチアにはたして人を愛する能力があるか疑問だ。自分のことばかり考えておる」

「それは彼女の責任でしょうか？」思いとどまる間もなく、非難めいた言葉が口から飛びだした。ジェニーはすぐに言葉を継いだ。「ゆうべ、ルチアが話してくれたことからして、彼女はつらい人生を送ってきたように思います。お母さまの都合で何度も転校させられて。ダンテがあなたから受けたような関係を彼女は与えられなかったんです。気の毒な人だと思います」

「そうだ」マルコは大きくため息をついた。「妻のイザベラが生きていたら、ソフィアをもっといい母親に導いただろうに……一貫性をもって娘を愛するようにと……。しかも、ソフィアの夫はどいつもこいつも父親として最低だった」

　わかってほしいというように、マルコはジェニーを見つめた。

「ルチアのためにできるだけのことはしたんだ。あの子の人生にロッシーニの財産以外に何か価値のあるものを築かせようと、何かにつけて機会を提供した。だがあの子がしているのは、芸術愛好家もどきのことだ。素人の道楽にとどまっていては、真の精神的喜びは得られない。私にはあの子を変えることはできん。いいか、気をつけるんだぞ。あの子はつけ入るすきを見て、おまえの思いやりをずたずたに引き裂くだろう」

「どうしてでしょう？　彼女は迷子のように感じているのではないかと思うんです。誰からもかまってもらえなくて」ジェニーは訴えた。「出すぎたことを言って申し訳ありません」

「いや。ルチアはその場その場で自分の都合のいいように状況を描くのがうまい。幼いころ、あの子は愛情たっぷりのなかで育った。だが当時でさえ、あの性格は何かいいものを作りあげるより、破壊するほうに向かった。ベラ、ルチアは迷子ではない。むしろ、ジャン・コクトーの描く〝恐るべき子供〟だ。破壊と混乱を好む」

「もっと自分に注目してほしいからではないでしょうか？」ルチアの異常とも思える行動に理解を示してほしくて、ジェニーは言葉を重ねた。

「みんなの関心の的になるためということなら、そうだ。しかし、自分の行動がほかの人間にどういう影響を与えるか、まったく気にしない。自分が支配力を持つように状況を作りあげる癖が染みついている。私には、あの言動は人格障害に根ざしているのではないかと思えてならない。良心のひとかけらもなかった父親からの遺伝なのか、よくわからんが。ともかく、そう思えるというだけだ。しかし、ルチアは家族だ。私はもう二度と家族に背を向けたりしない。私がいなくなれば、ルチアの面倒を見るのはダンテの役目になる。生活に困らないよう、できるかぎり面倒を見てやらねばならない」

　そうなったら、あの二人の関係はますますぎくしゃくしたものになるかもしれない。

「それはルチアのお母さまの役目ですよね」

「ソフィアにまかせたら、ルチアは母親に罪悪感を植えつけて、絞りとれるだけ絞りとるだろう。だが、ダンテなら手綱を引きしめ、限度を示すことができる。絶対に抵抗できないように、厳然とな」

ジェニーがここにいるあいだに二度もその現場を目撃したように。でも、ダンテは一族の長としてマルコほど寛容だろうか。「彼をとても信用してらっしゃるんですね」ジェニーは慎重に言った。

「今まで失望させられたことは一度もない」

ましてや、祖父の人生の最後に失望などさせるわけがない。この芝居を打たざるをえなかったダンテの気持ちはよくわかる。

「さぞ稀《まれ》な絆《きずな》なんでしょうね……あなたとダンテのあいだにあるのは」ジェニーは皮肉な気持ちにかられた。

「そうだ。すばらしい女性に愛されるのと同じくらい稀なことだ。私は妻と孫に恵まれた。それに、ダンテがおまえを見つけて、ここに連れてきてくれて、本当にうれしい」

マルコが心から愛する人々と同様に扱われたことに、ジェニーは恥じ入った。「来るべきだと思ったんです。でも、どうか私のために何かしなければならないとお思いにならないでください。ここにいられるだけで充分ですから」

「これからもそうであってほしい」

マルコの笑みは慈愛にあふれ、ジェニーは本当に彼の孫だったらと思わずにいられなかった。この人の家族なら、どんなにすてきだろう。

「肖像画をありがとう、ベラ。ルチアのことは気にするんじゃない。私がいないときは、ダンテがおまえについている。何が起こっても彼を信じてまかせるんだ。そうしてくれるな?」

ジェニーはうなずいた。自分にはわからない家族の歴史がまだあるようだ。

マルコは行きなさいと手を振った。「もうやすませてくれ。テレサを呼んできてくれるか?」

「ええ。ゆっくりおやすみください」

マルコと別れて部屋に続く道をゆっくり歩きながら、ジェニーは彼に言われたことを考えた。確かに性格は行動パターンに表れる。ルチアはマルコの関心がほかの人間に向いているときだけ自分のものにしたがる。〝ベラ〟はルチアの時間を奪っているわけではない。ルチアはその時間をベラやダンテからとりあげたいと思っているだけで、大切に過ごす気などないのだ。

〝ルチアのことは気にするんじゃない〟

そうね。ジェニーは結論を下した。

となると、気がかりなのはダンテのことだけだ。そのダンテが彼女の部屋の前で待っているのが見えた。石壁にもたれ、鋭い視線を向けている。ジェニーの全身がぶるっと震えた。

足元がよろけ、ジェニーは歩みを止めた。

自分の描いた〝ロマンチック〟な肖像画を思い出し、恥ずかしさに顔から火が出る思いだ。ゆうべダンテが彼女にしたことは、愛とはなんの関係もない。祖父のためにどんな手を使っても引き止めようとしただけ。冷酷に操ろうとしているだけ。頭ではそれがわかっていても、心は……心は深く青い海にのみこまれ、矛盾する感情の波が激しく打ちつけるのを静めることができなかった。

13

ダンテは道を歩いてくるジェニーを見ていた。彼の姿を見つけたとたん、立ち止まり、憂いに沈んだ表情がたちまち変わった。恥ずかしそうに頬を染め、身構えるように顎を上げて用心深く見つめている。ダンテは、さっきの肖像画に彼女の気持ちが表れていたのを悟った。二枚ともそうだが、ルチアのほうはどうでもいい。

ジェニーの描《か》いた絵を見た瞬間から、ダンテの良心は痛みを感じていた。そこに描かれていたのは、これまで彼女と接してきた自分ではなかった。ジェニーが自分に望む姿を描いたのなら、彼女と親密になりすぎたのだ。こちらの都合で欲しいものをやみくもに追い求めるあまり、彼女にどんな影響を及ぼすか、少しも考えていなかった。自分の目的にかなうかどうかだけで。

ジェニーを利用することを正当化した自分の行為が悔やまれる。彼女は弱い立場の女性だと知りながら、その弱さにつけこむまねをしてしまった。結果がよければ手段は問題ではないと。ジェニーが、親から愛され、慈しまれたいという願いがかなえられることのない子供だったという事実を見すごしていた。ゆうべは単なる情事を楽しんだにすぎないが、彼女がそこに愛を夢見たのなら、二人が関係を持ったことでいずれ深く傷つくだろう。

彼女は、お互いに飽きたら高価な贈り物を渡してあとくされなく別れるようなタイプの女性とは違う。屈辱にまみれ、立ち直れないほど誇りを傷つけられるだろう。彼の〝秘密の愛人〟同然の扱いをされたと。ジェニーは誠実な女性だ。人を傷つけたいとは考えてもいない。彼女の言葉、行動にそれが表れている。ゆうべ、ダンテはそのことに気づいた。ジェニーは人に惜しみなく与える女性だ。人を利用するのではなく。

彼女から奪いつづけるべきではない。

だが、祖父に真実を告げることもできない。本当のベラは死に、失った息子に対する祖父の罪悪感と悲しみをやわらげるためにジェニーをベラに仕立てたとは。祖父はジェニーを気に入り、それがこの過酷な日々を耐える支えになっている。

それを別にしても、ダンテは自分のためにもジェニーにいてほしかった。今この瞬間にも体は彼女を求め、相手も情熱的に反応したのだから悩むことはないとそそのかす。確かに、強要したわけではない。彼女が望んだことだ。ゆうべジェニーも、自分の意思だとはっきり言った……。

とはいえ、今は無理強いしないほうがいい。今朝の緊張を考えれば、ジェニーにはベラを演じている葛藤《かっとう》から逃れてひとりになる時間が必要だ。しかし、あまり考える時間を与えると、人をだましているという思いにまた苦しむかもしれない。僕とルチアを下がらせたあと、祖父はジェニーに何を言ったのだろう？

胸を張り、ジェニーがまた歩きだした。僕がどう思い、何を言おうと、絶対にひるまないというプライドが感じられる。ジェニーは自分で道を切り開く。どんな圧力をかけられたとしても、何がなんでも生き抜く。その精神力に、ダンテは感服せざるをえなかった。実際、彼女に対して尊敬の念をいだいている。ジェニーは美しい。心も外見も。

「あなたの信頼は裏切っていないわよ」ジェニーは、石壁にもたれるダンテのそばまで行った。手を伸ばして触れる距離までは近づかない。美しい琥珀《こはく》色の瞳でまっすぐにダンテの瞳をとらえ、きっぱりと言う。「おじいさまは、まだ私のことをベラだと思ってらっしゃるわ」

それが私がここにいる理由なのだ。

ダンテはその意味するところを理解した。

彼女とベッドをともにしたことは二の次で、本来の目的には関係ない、ゆうべの出来事をどう思っているか話題にするつもりはないということだ。ふたたび起こったとしても、閉じられた扉の奥での秘め事。カプリ島での日々が終わり、ジェニー・ケントが元の世界に戻るときに置いていくものだ。

ダンテは、彼女の態度にほっとするべきだと自分に言い聞かせた。彼女を尊大に扱った罪悪感から解放されるではないか。だが、自分でも計りかねる理由で、彼女が冷静な状態に戻ったことを喜べなかった。彼女が欲しい。彼女のすべてが欲しい。

禁断の魅力なのか。

ジェニーから受けつづける挑戦か。

なんでもいい……今はこんなことに悩んでいる場合ではない。

「祖父の話はなんだった?」

「ほとんどルチアのことよ。ああいう性格だから彼女の言動にあまり動揺しないようにって」

ダンテにも、ベラを引き止めておきたい祖父の気持ちはよくわかった。「ルチアは、思いどおりにならないとすぐに大騒ぎする。小さいころから巧妙に人を操ってきた」

「人を操ることにかけては、あなただって負けていないと思うけど」ジェニーはダンテの態度を推し量るように見た。

「僕は悪意から行動したことはない」ダンテは断言した。

「でも、目的遂行のためなら、情け容赦ないでしょう。それに人間を辛辣《しんらつ》で皮肉な目で見るところもあるし。ルチアが言ったことは間違ってないわね」

「ルチアの狙《ねら》いは僕たちを分裂させることだ。仲よくなったら、彼女にとって都合が悪いから。僕たちのあいだの亀裂《きれつ》が大きくなればなるほど、彼女の思う壺《つぼ》だ」

「私もばかじゃないわ。これをうまくやってのけるためには、あなたのそばにいるのが最善だとわかっているもの。あなたの支えと保護が必要だし、あなたはそれを与えてくれると信じているわ。でも、いつ一緒にいる必要がなくなるかもわかっているのよ。だから、私があなたに〝ロマンチック〟な気持ちを持つほど血迷うなんて思わないで。おじいさまが望まれた肖像画だから、愛情のこもった姿を描いただけよ」

口調は冷静でも、彼女の瞳はそれ以外の解釈を拒んでいる。プライドか。この状況に追いこまれて以来、つねにジェニーは物事に現実的に対処しているが、それとは矛盾するさまざまな感情が駆けめぐっているのだろう。頭では受け入れても、心の反応はそう簡単にコントロールできないものだ。

「きみのすぐれた芸術的才能を僕のために使ってくれたことを感謝するよ」ダンテは静かに言った。つねに人を思いやる彼女に、なぜか突然温かい気持ちがわいてきた。「一生懸命やってくれた。祖父も感激していた」

ジェニーは深く息を吸い、なんとかぎこちない笑みを返した。「本当に気に入ってくださったみたい。ルチアにも同じように描いてあげていれば、怒らせることもなかったわね」

「僕には、気持ちのこもった絵に見えたけど」ダンテは言葉を切った。ジェニーはルチアの毒矢から身をかわすか、あるいはあえてそれを受け止めるだろうか。

ジェニーは肩をすくめた。顔から笑みが消え、悲しげな表情になる。「心配しないで。これからはルチアに何を言われても受け流すわ。彼女の面倒を見るのはあなたですもの。私じゃないわ」

「僕が背負わなければならない十字架だな。ところで、彼女と一緒にプールで泳ぎたいかい？」

外にいればジェニーものんびりできるだろう。泳いだり、日光浴をしたり、おしゃべりしたり、寝そべって雑誌を見たり、くつろげるに違いないとダンテは思った。それに、僕に誘惑される心配なしに自分自身をとり戻せるだろう。彼女も同じことを考えているのが手にとるようにわかる。ジェニーはほっとした顔になった。

「ええ。泳いだら気持ちよさそう」

ダンテはうなずいた。「じゃあ、プールで待っているよ」

これで、着替えるあいだ彼がジェニーの部屋を訪れる心配がなくなった。

笑みがさらに広がる。「わかったわ。じゃあ、あとで！」

ジェニーはうきうきした足どりで立ち去った。重圧から逃れられて心が軽くなっている。ダンテはあらゆる事態にそなえて彼女の手綱を強く引きしめてきた。もっとも難しい時期はすでに乗りきった。ジェニーはベラの役目を期待以上に果たしている。少し手綱をゆるめて、ジェニー・ケントとしての望みに配慮してもいいころだ。

今夜は彼女と距離を置くべきだろうかとダンテは思った。
彼女もそのほうがいいのか?
今はそれこそが重要な問題だった。

プールを出たり入ったりして過ごす時間は、ジェニーにとって実際いい気晴らしになった。ルチアの前なので、ダンテは従兄《いとこ》らしく振る舞い、愛想よく飲み物をとってきたり、女性同士の会話に口をはさんだりしている。雑誌をめくりながら続ける、ファッションに関するルチアの話は際限がない。

ジェニーがファッションに疎いことは問題にならないようだ。ルチアは業界通として、つきあいのあるトップモデルのゴシップ話など裏事情を得意になってひけらかしている。それで優越感に浸っていい気分になれるなら、ジェニーは全然かまわなかった。ダンテの存在が意地悪なコメントを制限しているのも確かだ。

制限といえば、二人は体を露出することになんのためらいもないらしい。ルチアの赤いビキニの下は後ろがひも同然で、ダンテの水着も似たようなものだ。ジェニーは意識して彼を見ないようにしていた。そうでなくても、すばらしい体は昨夜の親密な触れ合いを思い出させる。

同時に自分の体も意識させられた。ジェニーが着ているぐっとおとなしい緑色のビキニは、胸のカップと腰にフリルのついた〈ツィンマーマン〉のデザインで、ダンテに買ってもらったものだ。自分では気に入っていたが、ダンテの視線に撫《な》でまわされると落ち着かなくなってくる。体のほてりを冷ますために、何度かプールに飛びこまなくてはならないほどだった。

こんなこと、正気の沙汰《さた》ではない。

でも、体の奥にかきたてられた欲望は勝手に歩きだし、まったく理性を受けつけようとしない。

ダンテのような男性とまた巡りあう可能性はあるのだろうか。こんな気持ちにしてくれる男性と。

おそらく二度とないだろう。

正気を失わないかぎり、彼との未来はない。それなら、今彼が与えてくれるものを受けとればいいでしょう。欲しくてたまらないのだから。ほかの何よりも。今夜ダンテが私の部屋に入ってきたら……でも、それは何時間もあとの話だ。ルチアの前では冷静でいなければならない。彼に対しても。どんなに夢中になっているか知られたくないから。

三人はプールサイドでのんびり昼食をとった。ジェニーは目の前のごちそうを楽しむことに集中した。オレンジとローストしたペカンナッツ入りのサラダが添えられた、みごとなアトランティック・サーモンだ。その後、デザートも運ばれてきた。丸くくり抜かれた数種類のメロンとパイナップルの上にミントが散らしてある。イタリア産の白ワインはすっきりとして喉に心地よく、ジェニーはつい飲みすぎた。しまいに眠くなってきたので、ダンテが昼寝《シエスタ》の時間だと宣言したときはほっとした。

ダンテはくつろいだ様子で、ジェニーを部屋まで送っていった。ジェニーは、彼を意識して体が硬くなるのを悟られないよう注意しながらイタリアについて質問し、彼の答えに関心があるふりをした。ジェニーの部屋の前まで来ると、ダンテはあっさり自分の部屋に向かっていった。もうかかわりを持たないようにしているのかしら？

私の描いた肖像画を見て、感情的な愛着を持たれるのはこの先自分にとって問題が生じる危険を感じたのだろうか？　かかわりたくない問題が。

こんなことを考えてなんになるの。ジェニーは自分に言い聞かせた。二人の関係の本質を承知していることは、できるかぎり伝えた。それについてダンテがどうするかは、私の問題ではない。彼は自分の世界を何から何まで支配する。そうでないダンテなど考えられない。

ほてった体を冷まそうと、ジェニーは長いあいだ冷たいシャワーを浴びた。ちょうど体にタオルを巻きつけていたとき、隣の部屋とのあいだのドアをノックする音がした。彼女はしばし迷った。もう寝ているふりをしようか。シャワーの音が聞こえたのかしら。なんの用なの？

鼓動が急に耳の奥で鳴りひびいた。タオルの下には何もつけていない。ビキニより肌の露出は少なくても、ダンテの望みがベッドをともにすることなら、はるかに無防備な状態だ。体じゅうの神経が、早くドアを開けて、ダンテにどう思われているかはっきりさせなさいと騒ぎたてている。

ジェニーはドアを開けた。

ダンテも身につけているのは腰に巻きつけたタオルだけだった。みごとな筋肉質の胸。褐色の肌。その肌に触れたくて指先がうずうずする。ゆうべのように彼を感じたい。彼の目の位置まで視線を上げ、平然とした顔をするのは、意志の力を総動員しなければならなかった。

彼の熱く燃える黒い瞳には欲望がむきだしになっている。「ひとりでいたいかい？」

単純な質問だが、二人ともそれが単純でないことを知っている。

その底には、二人を安全地帯からさらっていく危険な流れが渦巻いている。

ひとりでいたいと答えれば、ダンテは荒々しい欲望を無理にでも抑えつけるだろう。彼が必死に保っている抑制が今にも爆発しそうなのがわかる。おそらく真っ当な判断に逆らってまで、ダンテがこのドアをノックせずにはいられなかったことに、ジェニーは本能的に喜びを感じた。

決定権は彼女にあるのだ。

心はもう決まっている。

「いいえ」

それで自分がどうなろうとかまわない……どんなにつらい結果がもたらされようと、ジェニーは今この瞬間の喜びを味わいたかった。

14

六週間が過ぎた。ジェニーは日にちの感覚があいまいになってきた。繰り返される日課が変わるのは、週末ごとのロベルトとソフィアの訪問だけだ。二人ともベラをなんの疑問もなく受け入れた。突然現れた姪《めい》に対する好奇心はすぐに満たされ、今ごろになって父親の関心の対象が加わったことを少しも気にしていない。

アントニオの不幸な死については悲しみを表した。もう一度会いたかったと。

「あの子は子供のころ、とんでもなく悪かったわ」

ソフィアの言葉に、兄のロベルトがあわてて弁護した。「いやいや、かわいい子だったよ」彼は姪に優しくほほ笑みかけた。

二人は、父親が喜んでいるならベラが来たことはよかったと受け止めている。あるいは、ベラがいることで二人の心の負担も多少楽になったのかもしれない。マルコの衰弱を前にして、二人はひどくとり乱している。

ソフィアは感情的にもろく、父親のことで目を潤ませがちだ。ロベルトは努めて陽気に振る舞おうとしたあげく、突然ふさぎこんだりする。ジェニーには、二人の動揺をなだめようという親としての思いがマルコを疲れさせているように思えてならなかった。

二人はダンテに頼りきり、彼が一族の次の長として指名されたことになんの異存もないようだ。彼らにその重荷を背負う気がないことは明らかだった。ダンテは、まるで無邪気な子供を相手にするように優しく二人に接している。二人に重責を担わせるのは無理な話だと承知しているのだ。

ダンテこそ一族の長としてふさわしい。何から何まで。ジェニーも、彼の威圧的なまでの精神力と意志の強さを憎む気持ちはとうになくなった。あれほど強い意志を持って何かを成し遂げる人はそう多くない。しかも、彼はその力を無慈悲に行使するわけではない。彼の行動には優しさがある。ジェニーは身をもって感じた。マルコがあれほど信頼をおくのもよくわかる。

マルコは、ダンテといるときだけ心からくつろいでいるようだ。祖父の死期が近いことを嘆くふうもないルチアに対しては、我慢して大目に見ているのだろう。ジェニーには安らぎを求めている。失った息子のことだけでなく、自分の全人生をとり巻く思い出を語り、よみがえらせる相手として。

マルコとの会話は、心配していたような緊張を強いられるものではなかった。返事に困るアントニオのオーストラリアでの生活を尋ねることもない。マルコの思い出話に耳を傾けるのは楽しかった。少年時代の話、家族の歴史、イザベラとの出会いと、ともに過ごした人生。一大企業帝国、ホテルやフォーラムを築いた自負。ダンテを誇りに思い、自分が築いたものを確実に未来につなげてくれると信じていることも。

〝本当にいい子《グッドボーイ》だ……〟

その言葉を何度聞いただろう。いつも愛情と称賛がこめられている。ジェニーはマルコを心から好きになっていた。さまざまに彩られた充実した人生が終わりを告げようとしているのは悲しい。手を優しくたたかれながら〝いい子《グッドガール》だ〟と言われると、本当にこの人の孫だったらよかったのにと思わずにはいられない。

それでも、ダンテと二人になると血のつながりがなくてよかったと思う。二人は昼寝《シエスタ》と夜を一緒に過ごし、互いに夢中になった。激しい衝動的なものだけではない。ただ彼の体にぴったりと抱き寄せられて腕のなかで眠り、二人で秘密の世界に閉じこもることにも喜びを感じている。

二人はたびたび夜更けまで話しこんだ。ジェニーはマルコから聞いた話をダンテにし、彼はそれを自分と祖父が過ごした日々に結びつけて詳しく話して聞かせた。ジェニーは誰にも話したことのない自分の過去についても話した。あの薄汚れた社会福祉局の役人との忌まわしい出来事さえ、なぜかダンテには知られてもいい気がした。これは現実の時間ではないのだから、終わってしまえば彼に言ったことが今後何かに影響するとは思えない。

口にしなかったのは、彼女の心がどれだけダンテへの愛で満たされているかということだけだ。

たまに、ジェニーはルチアが二人の仲を疑っているのではないかと感じるときがあった。ふと気を抜いて、従兄妹《いとこ》にあるまじき親密さで視線や言葉を交わした瞬間に。ルチアに見張られているような感じは日増しに強くなる。何かにつけて、ちょっとしたいやみを言う。ダンテはいつもベラと一緒ね。ベラにはずいぶん気をつかうのね。絵のために島のあちこちに連れていって描《か》いているあいだも待っているし。話もよく合うみたいね。

「誰だって、あなたたちのこと、恋人同士だと思うわよ」ある朝、プールサイドの椅子に寝そべっているとき、ルチアがふいに身を起こし、二人の反応をうかがうように言った。

ジェニーはみるみる頬が熱くなるのを抑えることができなかった。

「ベラが困っているじゃないか、ルチア」彼女の無邪気を装った意地悪に、ダンテはいらだった様子を見せ、体を起こした。「できるだけベラの世話をすると、おじいさんに約束したんだ。ベラは協力的だから助かっている。おまえだったら、まず考えられないけどね」

「それじゃ面白くないでしょう」

ダンテは警告のまなざしを向けた。「おまえの言う面白さをベラに押しつけるんじゃない」

「〝独裁者が見張っているぞ〟ってわけ」ルチアはロボットのような言い方をして、からかった。

「おじいさんの頼みだ」あくまで自分の務めを果たしているだけだと強調してみせる。

ルチアは愛らしくほほ笑んだ。「いいこと、かわいい従妹《いとこ》も見張っていますからね、ダンテ。いつか……いつかあなたが尻尾《しっぽ》を出したら、絶対にやっつけてやるから」

ダンテは肩をすくめた。「ずいぶん哀れな人生の目的だな」

「あら、とってもやりがいがあるわ」ルチアは気どった様子でまた長椅子に寝そべった。

ダンテは、この一件をルチアのいつものたわいない策略だと気にもとめなかった。彼とジェニーを仲よくさせないための意地悪だと。それでもジェニーはルチアの前での言動に注意した。

マルコの衰弱は進み、寝室を出ることができなくなり、面会時間も限られた。悪化する痛みに、医師はモルヒネを点滴して、看護師を二十四時間待機させた。あまり長くもたないと警告され、ダンテはすぐにソフィアとロベルトをカプリ島に呼んだ。父親との最後の時間を過ごさせようと。

私にとっても最後の時間だ、とジェニーは思った。でも、マルコにこれ以上長く苦しんでもらいたくない。ダンテとも〝最後〟のことは話していなかった。夜、彼女のもとを訪れるのは慰めを求めてのことだとわかっている。最愛の祖父との別れが迫っているという思いが、ダンテの心をさいなんでいた。ジェニーと一緒にいることで、このつらい時期をなんとか乗り越えているのだ。彼女としても、彼との大事な時間を台なしにしたくなかった。今言わなくても、自分がベラである必要がなくなったときまで待てばいい話だ。ベラを演じるのはもう不安ではない。ダンテの言ったことは正しかった。誰も傷つけていないし、マルコは楽しい思い出に浸りながら自分の人生を語る相手を得て喜んでくれた。老人にできるかぎりのことをしてあげられて、後悔はない。

ソフィアとロベルトが到着する日の朝だった。ダンテはジェニーのベッドを出て自分の部屋に戻り、支度をするつもりだった。彼にとってつらい一日になりそうだ。叔父と叔母の気持ちをなだめると同時に、自分自身の気持ちもなだめなければならない。ジェニーは、ダンテが二人の部屋をつなぐドアに向かうのを見ていた。その広い肩に背負う重荷を少しでもとり除いてあげられたら。いつでもそばにいて慰めてあげたい。

ジェニーもバスルームに向かおうとしたとき、ダンテが隣の部屋とのあいだのドアを開けた。ダンテが一歩部屋に足を踏み入れたとたん、勝ち誇ったようなルチアの声が響いた。

「見つけたわ！」

その場でジェニーは凍りついた。全身に衝撃が走る。

ルチアはダンテの寝室にいた。

そこへ、ダンテが何も身につけないままジェニーの部屋から入っていったのだ。

怒りにかすれたダンテの声がした。「ここで何をしているんだ？」

ダンテはジェニーを隠そうとドアを閉めたが、彼女は観念した。吐き気がするほどはっきり確信していた。ルチアは喜び勇んでマルコに報告するに決まっている。ダンテが従妹と関係を持ったと。ショックで祖父が死ぬかもしれないとは考えもせずに。祖父にダンテを軽蔑《けいべつ》させる快感を得たいのだ。

ダンテはルチアをにらみつけたまま、頭のなかで解決策を模索していた。ルチアがこの機会を逃すはずがない。祖父が安らかにあの世へ行けるよう、彼女を黙らせる手立てがあるだろうか？

ルチアは少しの乱れもないベッドから飛びおりた。ダンテがこのベッドで寝なかったのは明らかだ。ルチアの顔は悪意に満ちた喜びに輝いている。

「今朝早くおじいさまのところに行ったら、あなたを呼ぶように言われたのよ。ドアをノックしたけど返事がないから、のぞいてみたの」

部屋の鍵《かぎ》をかけ忘れていたとは、なんてまぬけなんだ！　そもそも、祖父に呼ばれることを考えて今日は自分の部屋にいるべきだったのに。

「服を着たら」ルチアはからかうようにダンテに言い、開けたままのドアに向かった。

「大事な孫娘をたぶらかしてベッドをともにしたという生々しい証拠を、おじいさまがご覧になりたいとは思えないもの」

「待て！」ダンテは叫んだ。なんとか押しとどめて説得しなければならない。

ルチアはドアのところで振り返って言い返した。「あなたたちが何をしていたか、おじいさまに早く報告したくてたまらないわ」

「ルチア、やめるんだ！」ダンテはどなり、突然スイッチが入ったように動きだした。ルチアをつかまえて何がなんでも止めなければ。

ルチアは笑いながら廊下に飛びだし、ダンテの鼻先でドアを閉めた。彼が押しあけたときには、ルチアはかなり先を走っていて、祖父の部屋に着く前につかまえるのは無理だった。追いついたとしても、大騒ぎされるのは目に見えている。しかも、こんな格好では……。

だめだ。服を着て一刻も早く祖父の前に行かなければ。冷静に威厳を保ち、ダメージを最小限に食い止めるんだ。ジェニーを思うと心が痛む。ルチアの声を聞いたに違いない。ショックで死ぬほど心配しているだろう。だが、彼女を慰めている時間はない。祖父が先決だ。

ダンテは服を着て髪を整え、ルチアの非難にどう応戦するか考えながら決着の場へ向かった。祖父の部屋のドアは開いていた。いかにもダンテのふしだらな行為にショックを受けたというふうを装い、ルチアが怒りもあらわにまくしたてている。

「血を分けた従妹と関係を持つなんて……恐ろしいわ、おじいさま。近親相姦《そうかん》よ」ルチアはその言葉をわざと重々しく言った。「ダンテには人間としてのモラルが全然ないんだわ。何をしても許されると思いあがっているのよ。おじいさまには――」

「やめないか！」叫びながらダンテは部屋に入っていった。

ルチアがびくっとして振り向いた。「私に命令しないで、けだもの！」

「言いたいことはもう言っただろう。出ていけ」

「いやよ」一歩も引かないという面持ちでルチアは腕組みしている。「言い逃れはさせないわ」

「言い逃れなんかしない」ダンテは心配そうに祖父を見た。驚いたことに祖父は動揺しているようでも怒っているようでもない。痩《や》せ細った体をじっと横たえ、落ちくぼんだ瞳にいつもと変わらない信頼を浮かべてダンテを見つめている。

ルチアの話が嘘《うそ》だと思ったのだろうか？

「ダンテと二人きりにしてくれ、ルチア」マルコが苦しげな息でささやいた。

ルチアはすぐに向き直って抗議した。「でも、おじいさま……」

「聞こえただろう。行くんだ！」ダンテは彼女に近づいた。力ずくでも追いだすつもりだった。

「行きなさい……」マルコが弱々しく繰り返す。

祖父に重ねて言われて、ルチアはふくれっ面をした。面白い場面を見逃したくなかったが、これ以上我を通すわけにもいかない。「私が言ったことは正真正銘、事実よ、おじいさま。ダンテの本性を知ったほうがいいわ」捨てぜりふを残し、ルチアは部屋から出ていった。

ダンテはドアを閉めた。盗み聞きするなら、するがいいさ。どっちみち、ルチアが言ったことは嘘だとは言えないのだから。祖父の目に宿る信頼を裏切ることはできない。たとえ、この二カ月裏切ってきたとしても。ジェニーをベラだと言って作り話をして。これ以上は無理だ。最後の最後までは。

ダンテは大きく息を吸い、ベッドのわきの椅子に座って祖父の手をとった。目で許しを請う。「申し訳ありません」

痩せた手に力がこもった。祖父の瞳に非難はなく、あるのは信頼だけだ。「謝る必要はない……」

「いろいろ言わなければいけないことがあります」

「いや……たったひとつだけだ」マルコは懸命に息を吸おうとしている。

めまぐるしく頭を回転させながら、ダンテは待った。祖父が知りたい唯一のこととは何か。ルチアの告発より重要なこととは。

その質問は、ダンテがまったく予期しないものだった。自分にもジェニーにも問いかけたことはない。それは、二人が演じた芝居をすり抜けて、彼の心を直接えぐった。簡潔な質問だったが、求められているのは偽りのない答えだ。

「彼女を愛しているのか？」

15

隣の部屋につながるドアが開く音がして、落ち着きなく歩きまわっていたジェニーは立ち止まった。ダンテ？ それともルチア？ 人前に出られるよう大あわてで服を身につけ、サンダルに足を突っこむ。髪を整え、化粧もしようとしたが、手が震えて無理だ。ルチアが彼の寝室でダンテを直撃してから何分くらいたったのだろう。ジェニーはまだ心臓がどきどきしていた。無意識に胸を手で押さえながら、部屋に入ってきた人のほうを振り返る。

ダンテ！

ジェニーはほっとした。

しかし、安堵《あんど》したのもつかの間だった。

ダンテの沈んだ顔つきを見れば、ルチアを引き止められなかったのがわかる。祖父の部屋に駆けこんで二人の関係を告げ口したのだ。なんてこと。ここまでうまくやってきた芝居が、土壇場で台なしになってしまった。

「ひとりでいたのか、ジェニー？」彼女に近づいていったダンテの顔には、苦悩の表情が浮かんでいる。

「ええ」

「すまない。鍵《かぎ》をかけ忘れるなんて致命的なミスだ。みすみすルチアに見つかるとは……」

「何があったのか教えて」起こってしまったことは今さらどうにもならないのだから。

ダンテは彼女を引き寄せ、一瞬抱きしめて、力をゆるめた。自分のとった処置がなんだろうと協力してほしいと瞳が訴えている。

「ルチアが先に祖父の部屋に着いて、僕たちのことを告げ口した。祖父はルチアを部屋から出した。僕の弁明は聞かず、きみを心配していた。連れてくるよう言われたんだ。行けるかい？」

逃げ道はない。

ダンテがジェニーの人生に登場したときから、ずっとなかった。

彼が望むかぎり、ジェニーはダンテに縛りつけられているのだ。

「できるだけのことをするわ」

ダンテは心配そうに眉間《みけん》にしわを寄せた。「祖父が望むように答えればいいんだ、ジェニー。祖父の願いどおりに……」

「わかっているわ」マルコの気持ちをなだめなければという思いで、体が震える。

「ありがとう。じゃあ、行こう。看護師に祖父の部屋の鍵をかけて、ルチアが入らないようにしてもらった。祖父は僕たちを待っている」

ダンテはジェニーの肩を抱いて歩きだした。最後まで二人で切り抜けようと約束している。ダンテは最後までついていてくれる。かといって、二人に何ができるか、まったく見当もつかないけれど。

ジェニーは、ダンテをからかおうとルチアが廊下で待ち伏せているのではないかと思ったが、人の気配はなかった。看護師がマルコの部屋に招き入れるのを待つあいだ、緊張で神経がずたずたになりそうだった。こんな芝居などしなければよかった。でも、おかげでダンテと一緒にいられたのだ。この最後のハードルを越えなければ……なんとかして。

ドアが開いた。ジェニーはベッドのわきの椅子に座り、ダンテがその後ろに立った。僕がついているというように片手を彼女の肩にのせる。マルコは静かに横たわっている。目を閉じ、顔はやつれて青ざめていた。マルコにはこの世にわずかな時間しか残されていない。それを思い、ジェニーの胸が痛んだ。彼はいつも優しくしてくれた。彼にとって人生最後の数時間、真心をこめて尽くしたい。

「聞こえますか」ジェニーは静かに声をかけた。

マルコの口元がかすかにほころぶ。「いい子《グッドガール》だ」彼はゆっくり目を開け、枕《まくら》の上で横を向いてジェニーの瞳をまっすぐに見つめた。「さて、教えてくれ……おまえは誰なんだ?」

一瞬、ジェニーは、相手が誰かマルコはもうわからなくなったのかと凍りついた。だがすぐに、マルコの何もかも心得たような黒い瞳に浮かぶ鋭敏な知性が、真実を求めていることに気づき、あらためてショックに打ちのめされた。

彼は私がベラでないことを知っている。

その結論にいつ達したのだろう。もしかしたら、ごく早い時期から疑っていたのかもしれない。だから、アントニオのことを詳しく話せなくても追及しなかったのか。私とダンテが恋人関係にあると聞いて、疑いが確信になったのかもしれない。自分のよく知る孫が血のつながった従妹《いとこ》とベッドをともにするはずがないと。

嘘《うそ》をつかなければならない重圧がとり除かれ、全身に大きな安堵感が駆け抜けた。もう事実を言っても、ダンテを裏切ったことにはならない。祖父の望むことをなんでも言うよう指示されている。

「私の名前はジェニー・ケントです」ジェニーは正直に堂々と答えた。

病院で昏睡《こんすい》状態から覚めたときに言うべきだった言葉だ。ダンテの指が肩に食いこんだ。真実を明かしたことに愕然《がくぜん》としているのだろうか？　もうとり消せない。それに真実を明らかにするべきなのだ。マルコの瞳がそのとおりと言っている。

「私はベラの友人でした。二人とも身寄りがなかったので、姉妹のように親しくなりました。ベラは彼女の家に同居させてくれて、ベネチアン・フォーラムで働けるよう、イタリア系の名前を貸してくれたんです。ごめんなさい。自動車事故で亡くなったのはベラです。警察が私とベラをとり違えてしまったんです」

何もかも洗いざらい打ち明けた。少しのあいだベラになりすましても誰も傷つかないと自分に言い聞かせたときから、ダンテに説得されてベラの身代わりとしてカプリ島に来たところまで。

「あなたを愛しているから、ダンテはそうしたんです。アントニオの娘まで亡くなっていたとは言えなかったんです。私がベラの人生をもっと知っていたらよかったと思います……あなたにもっと話してあげられたのに……でも、これだけは言えます」

ジェニーは身をのりだした。

「あなたのお孫さんはとてもすてきな人でした。心が広くて、親切で、好奇心旺盛《おうせい》で、私なんかよりはるかに楽しくて明るい女性でした。あなたに会えたらどんなによかったか」

マルコはジェニーの心配を振り払うように手を上げ、息を吸いこんだ。「おまえのほうが……おまえのほうが大事だよ、ジェニー」

「私が？　でも、私はロッシーニ家の血を引く人間ではありません」ジェニーは苦しげに抗議した。

「いいから聞きなさい……」

せっぱ詰まった言い方に、ジェニーは口をつぐんだ。マルコが力を振りしぼって話す様子を見ているのはつらい。今できるのは、黙って耳を傾けることだけ。あとはダンテが怒っていないことを願うばかりだ。彼も芝居に加担していたと、ありのままに言ったことを。全部自分の責任だと言えばよかったのかもしれない。でもそうすると、ダンテは従妹だと信じている女性と関係を持ったことになる。真実のほうが、まだましだ。

ダンテともう一緒にいられなくなることに胸が痛んだ。ジェニー・ケントの演じるべき役目はもうここにはない。ロベルトとソフィアを乗せたヘリコプターが着いたら、折り返し自分を連れ去るだろう。この島から。そもそも縁のなかったロッシーニ家から。そして、これから先なんのかかわりもないであろうダンテの人生から。

マルコはぜいぜい言いながら、ふたたび深く息を吸った。「おまえのダンテに対する気持ちはわかっていた……あの肖像画を見たときに」

そんな、そんなことって。内心、ジェニーは叫んだ。あんなに頑張って隠そうとしたのに。ダンテの目の前でマルコに指摘されるなんて……。

「それで合点がいったんだ」マルコが続けた。「家族の誰にも似ていないし……アントニオのことをあまり話そうとしない……いつもひどく控えめで……ダンテはやたらと気をつかっていた……」

そんなに早くから。最初から偽者だと疑われていたと思うと、切なかった。

「どうして何も言ってくれなかったんですか？」動揺にダンテの声がかすれている。

マルコがダンテに視線を移した。彼は懸命に答えようとしている。「彼女にいてほしかったんだ……おまえたちの絆《きずな》を見極めたくて……おまえが彼女に感じるようになるかどうか……私がイザベラに感じたものを。おまえのそばにもすばらしい女性にいてほしかったんだ、ダンテ……思いやりがあって、強くて、優しくて、人生を分かちあうことのできる女性がな。おまえにそんな女性と一緒になってほしかったんだよ……会ったことのない孫娘を求める気持ちよりずっと」

ジェニーの目に涙がこみあげた。これが、死を前にした老人の夢だったのだ。この先、愛する孫がすばらしい女性と幸せな家庭を築くことが。けれど、それはかなわない。私とでは。どんなにダンテのそばに一生いたくても、ダンテにとって私との関係は一時的な体の喜びと秘密で結ばれたものだ。でも、マルコにそれは言えない。ジェニーは押し黙っていた。今度はダンテが真実を言う番だ。

しかし、ダンテは黙っている。

マルコがジェニーのほうに手を伸ばした。「手を出してくれないか、ジェニー」

マルコの目をしっかり見つめられるよう懸命に涙をこらえ、ジェニーは手をさしだした。

「これだけは知っておいてほしい……おまえは私にとてもよくしてくれた」

また涙がこみあげた。ジェニーはもう止められなかった。

マルコが彼女の手をそっと握りしめる。「ダンテを愛しているんだろう?」

なんてストレートな質問だろう……ダンテの声が頭のなかで響く。祖父が望むように答えるんだ。彼の手がまたジェニーの肩をぎゅっと握った。

「はい」ジェニーは喉をつまらせた。どちらにしろ、それは真実なのだから。

マルコは長々とため息をつき、もう一度深く息を吸った。「ダンテ、ぐずぐずしてないで、早く結婚するんだ」

結婚ですって？

「はい、おじいさん」きっぱりとした返事だった。

ジェニーは一瞬頭のなかが真っ白になったが、すぐに、ダンテは祖父を喜ばせたくて言ったにすぎないと気づいた。

「金庫のなかにある……私の書斎の……イザベラの指輪を彼女に渡してやれ」

「指輪に恥じないよう、互いに誓います。ありがとうございます」ダンテの声はくぐもっている。

「めでたい。二人とも」

マルコはジェニーの手をぽんとたたいた。

熱いかたまりが喉にこみあげ、ジェニーは声も出なかった。

「あなたはいつまでも僕たちの心のなかにいます、おじいさん」ダンテが言う。

「いい子《グッドボーイ》だ」最後の慈愛に満ちた笑みだった。「さあ、もう行け。私はやすまなければ……ソフィアとロベルトのために」

ダンテは前に進み出て、祖父の落ちくぼんだ両頬にキスをした。「ゆっくりやすんでください。何もかも感謝しています」

ジェニーに向けたダンテの瞳は潤んでいた。最後の努力をしてくれと訴えている。

ジェニーは涙をこらえ、咳《せき》払いして立ちあがると、ダンテがしたようにマルコにキスをした。マルコへの偽りのない愛情を、おそらくこれが最後と思われる言葉にこめた。

「ベラでいられたことに感謝します。あなたが本当におじいさまだったらと思わずにはいられませんでした。そして、ダンテと過ごす時間を与えてくださって、ありがとう。ずっと愛しています、マルコ」

たとえ何があっても。

ダンテはジェニーのウエストに手をまわし、すばやくドアに向かった。看護師がドアを開け、二人の背後で閉めた。廊下に出ると、ダンテはジェニーを包みこむようにしっかり抱きしめた。頬を彼女の髪にすり寄せ、激しく揺れ動く気持ちをなんとか抑えようとする。

ジェニーもきつく抱き返した。抱きあうのもこれが最後と、せめて彼を慰めたかった。少なくとも、真実を告白したことは間違いではなかったと思ってくれているだろう。マルコはそれを望んでいた。その後起こったことはジェニーの責任ではない。ダンテに言われた指示を実行しただけで、彼もそれに感謝していなければ、こんなふうに抱きしめてはいないだろう。

「なんてこと《ディーオ》！」ルチアの金切り声がした。「あなたたち、二人とも、まったくなんていやらしいの！　おじいさまの部屋の前で！」

ダンテが顔を上げてどなった。「黙れ、ルチア！　ジェニーはベラじゃない。マルコのために、僕のために、身代わりになってくれたんだ」

「ベラじゃないですって？」

ジェニーが顔を向けると、ルチアは信じられないという様子で凍りついている。

「ベラじゃない」ダンテは強調した。「ジェニー・ケント。僕が結婚する女性だ。おじいさんも、たった今僕たちを祝福してくださった。おまえはさっさとどこかへ行って、僕をやっつけそこなったことにふてくされているんだな」

「結婚ですって！」

ジェニーには、ルチアのショックがよくわかった。そんな宣言をして、ダンテは何を考えているのだろう。本当に結婚する気などないはずなのに。そうでしょう？

「きみの前にいるのは僕の未来の妻だ。態度に気をつけるんだな、ルチア」

脅しに近い警告だった。ダンテの感情は高ぶったままだ。ジェニー自身の気持ちはひどく混乱していた。思考が停止したようで、まったくわけがわからない。

「ああ、ヘリコプターが来た」頭上から特徴的な音が聞こえ、ダンテはルチアに言った。

「お母さんとロベルト叔父さんを迎えに行ったほうがいい。ジェニーと僕は、おじいさんのためにしなければならないことがある」

激しい怒りにルチアの顔がゆがんだ。「あなたって……」彼女は息巻き、両手を振りあげた。「結局、なんでも自分の思いどおりにするのね！」さっときびすを返し、ルチアはどんどん遠ざかっていく。こわばった背中が、予想もしなかった婚約を祝福することを拒絶している。

予想していなかったのは、ジェニーとて同じだった。ダンテは、祖父の願いを――最後の願いをかなえようとしているのだろうか？　マルコが生きているあいだ、そうしてきたのだ。亡くなったあとも同じことなのかもしれない。混乱した気持ちを整理しているうちに、マルコの書斎に着いた。ダンテが壁にかかった絵の片側を手前に引くと、後ろから金庫が現れた。

「やめて！」ジェニーの喉から苦しげな声がもれた。いったい何が起ころうとしているのか、わけがわからない。

振り返ったダンテの顔には強い決意が刻まれていた。焦茶色の瞳が二人の距離を焼きつくし、彼女の体を貫くような熱を放つ。ジェニーは力が抜け、決意が萎《な》えそうだった。彼を愛している。一生一緒にいたい。でも、これは彼の本当の気持ちなの？　それとも芝居の続き？

「おじいさまが望んだからといって、結婚するわけにはいかないわ、ダンテ」ジェニーは叫んだ。

まるで彼女に引っぱたかれでもしたように、ダンテの顎がぐいと上がった。部屋を横切る一歩一歩に強い意志がこめられている。彼女に向けられたダンテのすさまじいパワーを感じ、急に胸の鼓動が速くなった。

ジェニーは動かなかった。

動けなかった。

ダンテは両手で彼女の顔をはさみ、しっかり押さえつけて、焼きつくすように彼女の目に見入っている。「僕が結婚したいんだ」熱い思いをこめて彼は宣言した。「きみは僕から逃げられはしない、ジェニー・ケント」

死ぬほどつらいけれど言わなければ。これ以上芝居を続けることはできない。これからの人生を左右するような芝居は。「終わったのよ、ダンテ。もう私は必要ないわ。おじいさまは……」

「これは祖父とはなんの関係もない」

「もちろんあるわ！　あなたは、おじいさまの聞きたかった答えを言った。私にもおじいさまの望むような答えを言わせた」

「きみは嘘をついたのか、ジェニー？」ダンテはまっすぐに彼女を見つめた。

鋭い視線が突き刺さり、全身が打ちのめされるようだ。頭が混乱し、めまいがする。真実を認めたら、ダンテはそれを武器にして服従させるだろうか？

「きみは僕を愛していると言った。あれが嘘だったとは思わない。一緒にいるあいだずっと……いろいろな形できみの愛を感じた。それは否定できないはずだ。否定させるものか！」

でも、ダンテは私を愛していると言ったわけではない。口に出すことはおろか、ほのめかしたことさえないのに。「あなたに操られる奥さんになる気はないわ！」ジェニーは懸命に抵抗した。「私は、私を愛してくれる人と結婚したいのよ」

「僕がそうじゃないと思っているのか？」ダンテは眉根を寄せ、彼女の疑いを振り払うように熱い瞳で見つめた。「きみのすべてを愛している。知性も、心も、体も魂も……何もかも！　愛している。僕にはきみが必要だ。放しはしない」

知性も、心も、体も魂も……。ジェニーの体じゅうに喜びがあふれた。

「さあ、愛していると言ってくれ」ダンテはうっとりするような情熱をこめて言った。

「愛していることはわかっているんだ。さあ！」

命じられるまま言葉があふれ出た。「そうよ、愛している。愛しているわ」でも、愛情だけで充分なの？　不安が頭のなかでブレーキをかけた。「だけど、あなたとは住む世界が違う。私はあなたの妻としてふさわしくないわ」

「きみの生い立ちなんかどうでもいい。昼も夜も一緒にいて、きみがどんな人かよくわかったんだ。僕が生涯をともにしたいのはきみだよ」

「ここで起こったことで判断してはだめよ。あなたの日常とは違うもの。私にとっても、ふつうの生活じゃなかった」二人の関係がほかのさまざまな重圧に耐えられるかどうか考えると、怖くなる。

「前にも言っただろう。僕の世界は僕が作る。僕たち二人が作るものだよ、ジェニー。大丈夫。きっとうまくいく」

確信に満ちたダンテの言葉に、ジェニーの不安は薄らいだ。彼を信じたい。でも、私を選んだことを失敗だったと思い、気持ちが不安定なときにした決断を後悔するようになったら……。

「どうしてうまくいくと言えるの？」妻としての期待を裏切ったらと思うと、心配でたまらない。

ダンテの瞳には少しの疑念もなかった。「僕たちの結婚の中心にあるのはお互いの愛情だ。僕たちの人生はそれを中心にしてまわる。約束するよ」

彼は心から言っている。彼はそれを実行するだろう。ダンテ・ロッシーニはこうと決めたら、必ず成し遂げる人だ。

ジェニーの防衛本能は揺らぎはじめた。ぼろぼろの心に希望がわいてくる。これまで生き抜いてきたじゃないの。どんな環境にも順応してきた。何度もそうしてきたでしょう。ダンテが愛してくれるかぎり、結婚もうまくいくはず。そのためなら、なんだってできる。

「信じていいの、ダンテ？」彼の揺るぎない自信に満ちた言葉をもう一度聞きたかった。

「ああ、いいんだよ。絶対だ」

彼の瞳が、言葉はもういらないと言っている。

ダンテはジェニーの顔から手を離し、その手を彼女の体に巻きつけた。愛情あふれる温かく力強い抱擁のなかに包みこみ、ひしと抱きあう。この絆は結婚によって永遠に結ばれる。

ダンテはジェニーにキスをし、ジェニーは心のすべてを彼にあずけた。

今まで経験したことのない深い情熱をこめて。

封じこめようとしてきた愛をすべて解き放って。

二人で築く未来を信じて。

そのあと、ジェニーは指輪をもらった。マルコ・ロッシーニのイザベラに対する愛の象徴である指輪を。ジェニーは指輪に見入った。なんて特別な意味を持つ贈り物だろう。ダンテとジェニーの結婚が自分の結婚と同じように幸せなものだと信じるマルコの気持ちがこめられている。

「ルビーの意味を知っているかい？」ダンテが尋ねた。

ジェニーは首を振った。まわりをダイヤモンドに囲まれたみごとなルビーだ。大変な値打ちがあるに違いない。絶対に指から外さないわ。盗まれたりするものですか。

「金には換えられない愛」ダンテが静かに言った。「それが僕たちのあいだにあるものだ。僕は永遠にそれを大切にする」

独りぼっちで生きてきた長い年月にジェニーが夢見ていたすべてが、ダンテの瞳のなかに約束されていた。今、本当に幸せが訪れた。この信じられないほどすばらしい男性がずっとそばにいてくれる。これからの人生を愛で満たしてくれるのだ。

16

四カ月後

ジェニーは、ベネチアのロッシーニ邸で目を覚ました。たちまち胸にときめきがあふれる。今日は私の結婚式。ベッドを出て、縦長の窓のカーテンを開けると、太陽が輝いていた。ベネチアが輝いている。彼女はほほ笑みながら手をかざし、ルビーとダイヤモンドの美しい指輪を陽光にきらめかせた。もうひとつの指輪が今日、ここに加わる、ダンテの指輪が。でも、この指輪が自分にとって特別なものなのは永遠に変わらない。

「イザベラ」ジェニーはつぶやいた。マルコがアントニオの娘を迎えにダンテを送りだしたとき、何より心を占めていたのは愛する妻の思い出だった。ジェニーを偽者と糾弾し、追いだして当然だったのに、黙っていたのは、妻との愛の記憶があったから。ダンテにも同じように深い愛情と巡りあってほしかったのだ。

孫娘と祖母、二人のイザベラがいなかったら、ジェニーがダンテに会うことはなかった。

まったく違う人生を歩んでいたはずだ。それが今、この世でいちばんすてきな男性と結婚しようとしている。しかも、マルコから祝福されただけでなく、ほかのロッシーニ家の人たちも喜んでくれている。

あのルチアでさえ。まあ、おおむねは。結婚式の準備に何から何まで首を突っこみ、四六時中、ジェニーにアドバイスする。あまりのお節介に、晴れの日を台なしにする魂胆でもあるのか、とダンテが問いただしたほど。

「実のところ、あなたの選んだ花嫁がけっこう気に入っているのよ」ルチアは澄まして言った。「意地の悪いところがないもの。それに、あなたにずいぶん影響力を持っているようだから、あなたの欠点のひとつや二つ暴きだしてくれそうだし。何より、今年いちばん盛大な上流社会の結婚式としてロッシーニ家の名前が挙がらないのは耐えられないの。一族の沽券《こけん》にかかわるわ。そのためには、シンデレラとして輝く花嫁に負けないようにするために、あなたを億万長者の王子さまとして強調する必要もあるのよ。性格的な欠点には目をつぶってね」

「僕がどんな靴を履いたらいいかまで、注文されかねないな」どうやらとくに悪意があるわけではなさそうだとダンテは判断した。

ジェニーはまったく疑っていなかった。ルチアは社交的なイベントの演出に才能を発揮できてうれしいのだ。彼女の言う〝シンデレラ〟がどこで何をすればいいかまったくわかっていないことに、ルチアは嬉々《きき》としている。ルチアにとって、名もなきジェニー・ケントは、一族のなかでライバルになる可能性があった従姉《いとこ》のベラよりよほど都合がいいのだろう。

ソフィアも結婚式の計画に熱心に加わり、ジェニーには身内が誰もいないからと、花嫁の母の役目をすると言って聞かなかった。ルチアのように場を仕切ることは苦手で、ただ、そわそわと世話を焼きたがる、頼りにならない母親だ。二人を見ていてジェニーにはわかった。ルチアは母親に自分の考えを押しつけ、母親は弱腰になる。それでも、気はいい人たちだ。

ロベルトと、彼のパートナーであるジョナソンもいい人たちだった。二人は結婚披露宴に向けて屋敷の大広間の改装をまかされ、うきうきした時間を過ごしていた。大聖堂での挙式のあと、披露宴が開かれることになっている。今は亡きマルコは、息子のゲイとしての一面を好まなかったようだが、ダンテはまったく気にしていない。ジョナソンを同伴してはならないという禁止令が解かれて、ロベルトは大喜びだ。解放された喜びは、そのままジェニーに対して温かい愛情としてそそがれ、改装をジェニーが気に入るよう心を砕いた。

家族のみんなは、二人の結婚式をだいたい肯定的に受け止めているようだ。マルコを失った悲嘆から立ち直り、新たな生活に向けての第一歩として。マルコが亡くなった日でさえ、ジェニーの正体を知らされ、ダンテとの婚約を打ち明けられて、悲しみをまぎらしていた。そして、マルコが二人の結婚を祝福し、心安らかに永久《とわ》の眠りについたことは、せめてもの慰めだった。

マルコはジェニーの指にはめられたイザベラの指輪を見て、にっこりした……それが最後の笑みだった。ジェニーとダンテは最後までマルコのそばに付き添い、ダンテは彼の手を握りしめていた。ダンテに手をとられ、結婚を誓うとき、ジェニーはマルコがほほ笑んでいる気がした。心のなかでマルコに誓う。あなたのイザベラがあなたを愛したのと同じ揺るぎない愛を、あなたのお孫さんに捧《ささ》げます。

血のように赤いルビーが光り輝いた。

金には換えられない愛。

ダンテは屋敷の広い玄関ホールに立ち、白い花とリボンで飾られた階段を花嫁が下りてくるのを待っていた。ロベルトとジョナソンは、玄関ホールにふんだんに飾られた花の最後のチェックに余念がない。結婚式の客が到着したとき、ものすごく豪華に見えなくちゃねと。

二人は、外にずらりと並んだ黒と金色のゴンドラにはすでに合格点を出していた。とってもゴージャスで、同じ色の衣装をまとったゴンドリエたちもすてきだ。先頭のゴンドラに乗りこんだ黒いタキシードと白いネクタイで正装した音楽隊も立派だし、テノール歌手の声は朗々として、花婿と花嫁が登場するのを待つ運河沿いに並んだ見物人を愛の歌で楽しませてくれていると報告した。

ダンテにとっては、どれもこれもどうでもよかった。ジェニーが結婚式の日に満足してくれさえすればいい。花嫁が喜びに光り輝き、美しい琥珀《こはく》色の瞳が歓喜と彼への愛に光るのを見るのは、たまらなくうれしい。ジェニーはこれまで彼が出会ったどんな女性とも違う。本当に特別な女性。かけがえのないただひとりの女性だ。

彼女が自分にぴったりの伴侶《はんりょ》だと祖父が見抜き、それに気づかせてくれたことに感謝している。必ずいつかは自分で気づいたと思うが。出会ったときから、ずっとそばにいてほしかった。ほかの誰とも共有できなかったことも、彼女とは分かちあいたいと思う。彼女が自分の人生から立ち去る場面を想像したことは一度もない。ジェニーはいつもそこにいてくれる。これからずっと。

僕たちは、あなたとイザベラが分かちあったものをはぐくんでいきます、おじいさん。

祖父が二人の結婚を見届けることができなかった悲しみが、かすかに胸に突き刺さる。だが、祖父は二人の結婚を祝福し、ダンテをオーストラリアに送った成果に満足して旅立った。実の孫娘と会うことはかなわなかったが、あらゆる点で彼の眼鏡にかなった義理の孫娘、ジェニーと出会えた。何もかも彼女が尽くしてくれたおかげだ。

ルチアともうまくやっている。彼女は、ロッシーニ家の一員としてふさわしい立ち居振る舞いについて、ジェニーのチーフアドバイザーを自ら任じ、ここ数カ月は意地悪な性格をすっかり放棄してしまったようだ。ソフィアを従え、気どって階段を下りてくるルチアに、ダンテは感謝の笑みを向けた。二人ともデザイナーズドレスを身にまとい、にこやかにほほ笑んでいる。

「私たち、花嫁が登場したときに最大の効果を出すために下りてきたの」ルチアが言う。

「あと一、二分の辛抱よ」

「それはどうも。演出家どの」ダンテはにっこり笑った。

ルチアは得意満面だ。「たまたま、こういうことが好きだから」

「そうだな。ゴンドラ・ホテルのイベントの企画なんか、適任じゃないかと思う。もしかして、そういう仕事をする気があればだが」

ルチアは驚いて眉を上げた。「私にまかせてくれるの？」

「真剣に考えているならね。おまえなら必ず立派にやってくれるだろう」

ルチアは、ダンテと同じく失敗するのが大嫌いだ。このチャンスを生かすことができれば、何かを壊す力でなく、築きあげる力を感じられるようになるかもしれない。

「考えてみるわ」ルチアはうれしそうだ。「まずはこの結婚式を成功させなくてはね」彼女はダンテを点検するように眺めまわした。「あなたにスターの素質があるのは認めざるをえないけど、もうすぐ花嫁にその座を奪われるわよ」

「願ってもないことだ」

ルチアは笑ってダンテの傍らに立った。その隣にソフィアが立ち、ロベルトとジョナソンが反対側に並ぶ。全員が顔を上げ、姿を現したジェニーを見つめる。

僕の花嫁……。

ジェニーがすべるように階段を下りてくると、ダンテの胸に愛情と誇らしさがこみあげた。この世のものとは思えない美しい姿だ。彼女に触れたい。自分を通してこそ、彼女に命が吹きこまれるのだと確信したい。ダンテは身動きしないよう自制しなければならなかった。今は、ジェニーにスポットライトの中心にいる喜びを味わわせたい。ほとんど何も持たずにこれまでの人生を生き抜いてきた、いとしい人。僕が何もかも与えたい。

ジェニーが最後の段まで来ると、ダンテはようやく進み出て彼女の手をとった。

「私、どうかしら？」美しい瞳は自信に満ちて満足そうに輝いているが、ダンテの口からそれを聞きたがっている。

ダンテは彼女の期待を裏切りはしなかった。「きれいだよ」胸がつまり、声が震える。

ジェニーのもう片方の手がさしだされた。

手だけでなく、彼女はたくさんのものを与えてくれたとダンテは追憶した。

今まで知らなかった深い喜びで彼の人生を満たしてくれた愛。

彼の行為すべてを思いやってくれた愛。
金には換えられない愛。
真実の愛。
それに負けない愛を僕は間違いなく彼女に捧げる。ダンテは心のなかで約束した。

●本書は、2009年8月に小社より刊行された作品を文庫化したものです。

身代わりのシンデレラ

2023年11月1日発行　第1刷

著　者　エマ・ダーシー

訳　者　柿沼摩耶（かきぬま　まや）

発行人　鈴木幸辰

発行所　株式会社ハーパーコリンズ・ジャパン
東京都千代田区大手町1-5-1
03-6269-2883（営業）
0570-008091（読者サービス係）

印刷・製本　中央精版印刷株式会社

Printed in Japan © K.K. HarperCollins Japan 2023 ISBN978-4-596-52730-1

11月10日発売

ハーレクイン・シリーズ 11月20日刊

ハーレクイン・ロマンス

愛の激しさを知る

王の血を引くギリシア富豪　シャロン・ケンドリック／上田なつき 訳

籠の鳥は聖夜に愛され　ナタリー・アンダーソン／松島なお子 訳
《純潔のシンデレラ》

聖なる夜に降る雪は…　キャロル・モーティマー／佐藤利恵 訳
《伝説の名作選》

未来なき情熱　キャサリン・スペンサー／森島小百合 訳
《伝説の名作選》

ハーレクイン・イマージュ

ピュアな思いに満たされる

あなたと私の双子の天使　タラ・T・クイン／神鳥奈穂子 訳

ナニーと聖夜の贈り物　アリスン・ロバーツ／堺谷ますみ 訳
《至福の名作選》

ハーレクイン・マスターピース

世界に愛された作家たち
～永久不滅の銘作コレクション～

せつないプレゼント　ベティ・ニールズ／和香ちか子 訳
《ベティ・ニールズ・コレクション》

ハーレクイン・プレゼンツ作家シリーズ別冊

魅惑のテーマが光る極上セレクション

冷たい求婚者　キム・ローレンス／漆原　麗 訳

ハーレクイン・スペシャル・アンソロジー

小さな愛のドラマを花束にして…

疎遠の妻から永遠の妻へ　リンダ・ハワード他／小林令子他 訳
《スター作家傑作選》